WE
微阅读
1+1工程
1+1
GONG
CHENG
第二辑

富翁的秘密

凤　凰

百花洲文艺出版社
BAIHUAZHOU LITERATURE AND ART PRESS

图书在版编目(CIP)数据

富翁的秘密 / 凤凰著 . —南昌:百花洲文艺出版社,2013.5(2020.6重印)

(微阅读1+1工程)

ISBN 978 - 7 - 5500 - 0622 - 5

Ⅰ.①富… Ⅱ.①凤… Ⅲ.①小小说—小说集—中国—当代 Ⅳ.①I247.8

中国版本图书馆 CIP 数据核字(2013)第 099358 号

富翁的秘密

凤　凰　著

组稿编辑:陈永林
责任编辑:赵　霞　黄　平
出　　版:百花洲文艺出版社
发行单位:全国新华书店
印　　刷:三河市人民印务有限公司
开　　本:700mm×960mm　1/16
印　　张:12
版　　次:2013 年 8 月第 1 版
印　　次:2020 年 6 月第 4 次印刷
字　　数:124 千字
书　　号:ISBN 978 - 7 - 5500 - 0622 - 5
定　　价:29.80 元

赣版权登字:05 - 2013 - 217

网址:http://www.bhzwy.com
图书若有印装错误,影响阅读,可向承印厂联系调换。

前　言

　　以"极短的篇幅包容极大的思想"，才能够以小胜大，经过读者的阅读，碰撞出思想的火花，震撼人的心灵。正因为这样，微型小说成为一种充满了幽默智慧、充满了空灵巧妙的独特文体。

　　如果说在二十一世纪的头一个十年，是互联网大大改变了我们的生活，那么在我们正在经历的第二个十年里，手机将更为巨大地改变我们的生活。如今，以智能手机为平台，正在构成一个巨大的阅读平台。一种新的阅读方式正不知不觉地走进大众的生活。一个新的名词就此产生，它便是"微阅读"。微阅读，是一种借短消息、网络和短文体生存的阅读方式。微阅读是阅读领域的快餐，口袋书、手机报、微博，都代表微阅读。等车时，习惯拿出手机看新闻；走路时，喜欢戴上耳机"听"小说；陪人逛街，看电子书打发等待的时间。如果有这些行为，那说明你已在不知不觉中成为"微阅读"的忠实执行者了。让我们对微型小说前景充满信心和期待的是，微型小说在微阅读的浪潮中担当着极为重要的"源头活水"。

肩负着繁荣中国微型小说创作、促进这一文体进一步健康发展的责任和使命,微型小说选刊杂志社推出了"微阅读1＋1工程"系列丛书。这套书由一百个当代中国微型小说作家的个人自选集组成,是微型小说选刊杂志社的一项以"打造文体,推出作家,奉献精品"为目的的微型小说重点工程。相信这套书的出版,对于促进微型小说文体的进一步推广和传播,对于激励微型小说作家的创作热情,对于微型小说这一文体与新媒体的进一步结合,将有着极为重要的作用和意义。

编者

2013 年 8 月

目　录

你是我的天使

　　夜里，汉斯悄悄爬起床，他打开门，穿过街道，来到山姆大叔家。白天，山姆大叔一家都到外地去了，家里没人。汉斯轻易地就打开了山姆大叔家的门，然后，他迅速地钻进屋，开始翻东西。

　　汉斯翻了一会儿，他就找到了1000美元。汉斯喜出望外，赶紧跑出屋，掩上门，趁着夜色溜回了家。回到家里，汉斯倒头就睡，好像什么事都没有发生。1000美元，够汉斯花销好几天。这一夜，他睡得很香。

　　第二天一早，汉斯醒来，发现口袋里的1000美元不翼而飞了。汉斯吃了一惊，钱怎么没了呢？太奇怪了！汉斯找遍整个房间，也一无所获。汉斯只好自认倒霉。

　　白天，山姆大叔一家回来了，他们发现门被人打开了，家里也被人翻过，大吃一惊，嚷着家里遭贼了。但是，他们发现桌子上放着1100美元。他们非常惊奇，钱不但没有丢失，反而还多出了100美元。对于这件事，镇上所有的人都感到不可思议。汉斯知道后，也感到不可思议。他想，这是怎么回事啊？为什么被我偷的钱会跑回去，还会多出钱来？

　　又是一个夜里，汉斯悄悄爬起床，他打开门，穿过街道，来到了杰克家。白天，杰克一家都去亲戚家了，到现在还没有回来。汉斯轻易地就打开了杰克家的门，然后，他迅速地钻进屋，开始翻东西。

　　汉斯翻了一会儿，他就找到了2000美元。汉斯喜出望外，赶紧跑出屋，掩上门，趁着夜色溜回了家。回到家里，汉斯倒头就睡，好像什么事都没有发生。他把钱捏在手里，他怕睡着了之后，钱再次不翼而飞。2000美元，够汉斯花销好几天。这一夜，他睡得很香。

　　第二天一早，汉斯醒来，发现手里的2000美元居然还是不翼而飞了。

汉斯吃了一惊，钱怎么没了呢？太奇怪了！汉斯找遍整个房间，也一无所获。汉斯只好自认倒霉。

白天，杰克一家回来了，他们发现门被人打开了，家里也被人翻过，大吃一惊，嚷着家里遭贼了。最后，他们发现桌子上放着 2200 美元。他们非常惊奇，他们的钱不但没有丢失，反而还多出了 200 美元。对于这件事，镇上所有的人都感到不可思议。汉斯知道后，也感到不可思议。他想，这是怎么回事啊？为什么被我偷的钱都会跑回去，还会多出钱来？

虽然前两次都失败了，但汉斯不甘心就此罢手。汉斯悄悄地打听消息，只要有谁家去外地，或者走亲戚，只要夜里家里没人，他就去哪家。

几天之后，汉斯又有了机会，比尔一家去了外地，据说是去旅游，要好几天才能回家。夜里，汉斯悄悄爬起床，他打开门，穿过街道，来到比尔家。汉斯轻易地就打开了比尔家的门，然后，他迅速地钻进屋，开始翻东西。

汉斯刚翻着东西，灯突然亮了，汉斯傻了眼，比尔在家，他正拿着一根木棍对准他。比尔发现是汉斯，他吃了一惊，说道："怎么是你？你半夜来我家干什么？想偷东西是不是？"汉斯吓得说不出话来，他使劲摇头。

就在这时，汉斯的母亲出现了，她挡在汉斯面前，对比尔说道："他不是坏人，他是天使……""他是天使？"比尔晃着脑袋，他难以置信地盯着汉斯的母亲。母亲说："山姆家夜里有人进去过，最后家里多了 100 美元。杰克家夜里有人进去过，最后家里多了 200 美元。这些，都是汉斯做的。他夜里去，是不想让别人知道他就是天使！现在，汉斯来你家，他也是想帮助你们！"

山姆家和杰克家多出钱的事，比尔都知道，他放下手中的木棍，上前握住汉斯的手说："原来您就是那个天使！对不起，让您受惊了！我家里不缺钱，您还是去帮助那些需要帮助的人吧！"汉斯说："好的！再见！"然后，汉斯和母亲离开了比尔家。

回到家里，汉斯对母亲说："妈妈，谢谢您！要不是您，我今天肯定完蛋了！妈妈，您为什么会及时出现在那里呢？"母亲说："因为你刚才出门的时候，我就一直跟着你。"汉斯说："妈妈，这么说来，前两次的事，都是您做的？"母亲说："是的。你熟睡后，我就将你偷来的钱送了回去，并且多送些回去，就当是赎罪。孩子，我希望你不要成为一个人人憎恨的小偷，希望你成为一个人人喜欢的天使！比尔一家旅游的消息，也是我虚构的，因为我想尽早结束不愉快的事。"汉斯说："妈妈，我错了，以后，我一定做一个人人喜欢的天使！"汉斯流下了悔恨的泪水。

从此之后，汉斯再也没有偷过任何东西。每天，只要他看到别人需要帮助，他就会伸出自己的手去帮助别人。他帮多莉太太清理过垃圾；帮鲍尔森打扫过大街；他甚至在马克家发生火灾的时候，冲进去救出马克的两个孩子。小镇上的人几乎都得过汉斯的帮助。

后来，小镇评选最受欢迎的人时，汉斯以全票当选。大家说汉斯是天使，他当之无愧。面对记者的镜头，汉斯却说："其实，我的母亲才是真正的天使，是她把我从魔鬼那里拉回了人间！"然后，汉斯讲述了多年前他当小偷的事。

记者去采访汉斯的母亲，母亲微笑着说："每一个人的心中都有一个魔鬼，但是，每一个人的心中也都有一个天使。如果你把他当魔鬼，他就会成为魔鬼。但是，如果你把他当天使，他就会成为天使。"

最伟大的自私

　　男孩的父亲突然全身发抖，肌肉萎缩。母亲急忙把父亲送进医院。医生检查后告诉母亲说，先住下来，观察几天，如果需要，可能会动手术，叫母亲准备好钱。

　　由于家里穷，母亲急得四处借钱。母亲还没有凑够父亲治病的钱，男孩也全身发抖，肌肉萎缩。母亲吓得赶紧把男孩送到医院。医生检查后告诉母亲说跟他父亲是一样的病，可能是遗传。

　　男孩也在医院住下来，也观察几天。如果需要，他也会动手术。

　　可是两天后，父亲和男孩的情形都不乐观。医生告诉母亲说，他们都得动手术，但是，动手术并不一定就能救活他们。希望非常渺小，我们没有把握，你考虑一下吧。

　　母亲很着急，很伤心。借的钱，也许还不够一个人的医疗费用，两个人，怎么办呢？更何况，动手术，还不一定有救！母亲急得团团转，她泪流满面。这样倒霉的事，怎么就摊在了她的身上？

　　母亲不能失去丈夫，也不能失去儿子，不能救两个，至少要救一个，哪怕只有万分之一的希望，也要试一试。可是，救谁呢？一个是自己的丈夫，一个是自己的儿子。他们都是自己生命中最亲最亲的人。

　　母亲对父亲和男孩说，对不起，实在没有钱，只能先救一个。你们说说，先救谁？

　　父亲说，先救我！先救我！我是你丈夫，我跟你最亲！

　　谁都清楚，先救才有希望，毕竟他们都病得不轻，拖一天，就离死神近一步。因为没有钱，剩下的那一个，可能永远都不能获救。男孩听了父亲的话，他没有说话，把脸转到一边，悄悄地流泪。什么是亲情？

这就是亲情！在最关键的时候，父亲居然要先救自己，放弃他，父亲太自私了！

母亲沉默了。她想，我真的就只是救丈夫，不救儿子吗？她知道，她的决定，可能会伤害到另一个人。不管这个人是丈夫还是儿子，她都不能伤害。她说，我想，谁的身体强，就救谁吧。因为身体强，希望才最大！你们说呢？

父亲说，也是啊，好吧，就这样吧！

男孩说，好吧，我同意！

在此之前，男孩曾想过主动放弃，让母亲把钱花在父亲身上。他想自己没有报答父亲的机会，这一次，就把生的希望让给父亲吧。可是现在，他不会放弃，他要活下来，因为父亲太自私，他不配当自己的父亲，他不值得自己为之牺牲。

男孩大口吃药，哪怕再苦，他都不皱一下眉头。男孩大口喝水，大口吃水果，大口喝粥，他要让自己的身体强壮，他要让自己的精神抖擞，他不能输给父亲。输给父亲，他就只有死。

两天后，父亲的身体更加萎缩，精神更加萎靡。男孩的身体和精神都比父亲要好得多。在这种情况下，母亲，还有医生，都决定救男孩。当然，也不是说就完全放弃父亲。父亲依然住院、依然吃药、依然观察，母亲依然四处求人，只要有足够的钱，依然会救父亲。

男孩进行手术。手术非常成功。医生说情况很好，只要不出意外，他活几十年都没问题。

男孩的身体一天天恢复，父亲的身体一天天萎缩。最终，男孩能大口地吃饭，能下床走路。而父亲，骨瘦如柴，目光呆滞，跟死人没多少差别。医生告诉母亲说，没救了，抬回家去吧！

男孩出院那天，父亲也出了院。男孩是自己走回去的，父亲却是让人抬回去的。

每天，男孩蹦蹦跳跳，说说笑笑，好像他不曾得过疾病。而父亲，在一个早晨，终于死去。那时的父亲，只剩下一把骨头。

父亲的去世，男孩一点也不悲伤，因为，自从医院里父亲说出那么自私的话后，他就不再认他是自己的父亲。既然不是自己的父亲，那么，他就没有理由悲伤。好像，这一切，都与他无关。

男孩不悲伤,可是他的母亲却很伤心。母亲伤心不说,见男孩依旧说说笑笑,没有一点伤心的样子,她便对男孩说,孩子,你爸死了,你怎么能一点都不伤心呢?你也给他磕几个头吧!

男孩摇头,说,他不是我爸!我不给他磕头!

母亲说,我知道,在医院,你爸说过救他的话,显得很自私,你恨你爸。可是,孩子,我要告诉你,真相并不是那样的。其实,一开始,你爸就要放弃自己,让我只救你。可是我不同意。后来,实在借不到钱,只能救一个人,我才只好答应他救你。可是,他担心因为救你而放弃他,让你内疚一辈子,才不得不说出那样自私的话来。他说他说出自私的话,可能会伤害你,但是却能让你与他比赛,激发你活下去的信心,增强你与命运抗争的斗志。其实,一直以来,他都在把自己的药省给你吃。他说只要你活着,他就是死了也值。如果不是为了救你,我想,他现在可能还活着!

男孩早已泪流满面。他走到父亲的棺木前,"咚"的一声跪下。

男孩磕一个头,他说,爸——

男孩再磕一个头,他说,爸——爸——

男孩再磕一个头,他说,爸——爸——爸——

抬起头,男孩的额头已经起了一个大包,并且渗着红色的血迹。他没有用手擦一擦,他注视着面前的棺木,流泪,再流泪。在那口棺木里,躺着他伟大的父亲。

 # 给你更多的爱

男人去了大城市，他说去挣钱给女人和男孩过好日子。女人答应了，她带着男孩在小城生活。可男人一走，女人每天都念着男人，盼着男人早日回来。

开始的时候，男人还寄一些钱回来，隔三差五就打电话回来，后来，男人电话不打了，钱也一分不寄了，好像忘记了女人和男孩。

女人很着急，四处打听男人的下落，却一无所获。没办法，女人只好自己摆了个水果摊。每天早出晚归，挣钱却不多。

没想到，3 年过后，男人突然回来了。男人是开着小车回来的，所有的人都认为女人的苦日子到头了，女人也是这么认为。

可是，那天晚上，男人告诉女人说他回来是跟她离婚的，女人问男人为什么。男人告诉女人说他们分居这么多年，他跟她早已没了一点感情。事实是男人在外面做生意发了大财，找了个年轻漂亮的女人。

男人的话让女人大吃一惊，她问男人："我们真的就没有感情了吗？没有感情，我会天天等着你回来吗？"男人告诉女人，他没让她等。他说现在他们非得离婚不可。男人说他挣了一点钱，他愿意都给女人，算是补偿。

男人离婚的念头是那样坚决，女人知道男人变心了，想想便答应了，她说："可是，我们的孩子怎么办呢？我不想伤害他！"男人说："随他吧，他想跟谁就跟谁！"

女人答应了，她想男孩肯定选择她，因为她一直陪在他身边，跟他的感情很深很深。这么多年，男人一直在外面，跟男孩没有一点感情，当然不可能选择跟他。

离婚那天，法官问男孩愿意跟爸爸还是愿意跟妈妈，没想到，男孩

毫不犹豫地回答说："我跟爸爸！我跟爸爸！"

男孩的回答让所有人大吃一惊。法官问男孩："你为什么愿意跟爸爸？"男孩笑着说："因为爸爸有钱！"

男孩说的是实话，男人有钱。男人有钱，他可以买男孩喜欢的零食给他，可以买男孩喜欢玩具的给他。而男孩跟着女人，一直过着贫困的生活，女人不给他零花钱，他买不到喜欢的零食，买不到喜欢的玩具。甚至他想要吃一个水果，女人也不肯轻易给他。因为他的调皮，女人骂过他，也打过他。无疑，在男孩的心里，女人是可恨的，选择男人，理所当然。

可是，女人却不肯放弃，她盯着男孩："孩子，你为什么就不选择我呢？从今往后，我可以给你买零食，也可以给你买玩具……"

男孩摇摇头说："我不喜欢你！"男人听了，得意地笑了，看来，前两天他给男孩买吃的买玩的，是做对了。前两天，男人一直跟男孩套近乎，是因为他想得到男孩。因为他现在的女人不想生孩子，而男人却想要一个孩子。

那天，女人在众人面前捂着脸无声地哭泣，她肝肠寸断，她怎么都没有想到，她一直在乎的男孩居然会说不喜欢她，在最关键的时候，居然抛弃了她。那一刻，她连死的心都有。可是，她转念一想，自己得好好活着，说不定哪一天男孩受不了后妈的虐待，会重新回到她的身边。

男孩走的时候，女人给他买了零食，还买了玩具，让女人没想到的是，男孩居然从车上把它们都扔了下来，还叫男人赶紧开车，说他不想看到她。女人看着远去的小车，放声大哭。

此后的女人，一个人孤零零地生活，她依旧早出晚归地摆水果摊，只是，她水果摊的生意比以前更差了，因为她总是心不在焉，因为她的心里一直想着男孩，她不知道他过得好不好。很多次，她突然将水果摊推回家，准备去省城找男孩，可是走到车站，她又转了身，因为偌大的一个省城，她不知道到哪里才能找到男孩。更因为，男孩可能已经不在省城，即使她去了，也是徒劳无益。

有一天，女人收到一张500元的汇款单，那是从省城寄来的汇款，汇款人是"我爱你"。女人莫名其妙。她不知道这是谁寄给她的，没敢去取钱。

没想到，一个月后，女人再一次收到了一张一模一样的汇款单。这么说来，是有人在帮助她，她只好取出了钱，心想等以后知道了那个人，再把钱还给他吧。

此后，每隔一个月，女人都会收到一张500元的汇款单，而且每次的汇款人都是：我爱你。女人很想知道这个汇款人是谁，可是对方的地址只有街道，没有门牌号，让她束手无策。

春节的时候，女人收到一封来信，信里写道：

妈妈：您好！我知道，你很爱很爱我，我离开了你，你很不习惯，很想很想我。妈妈，其实，我也很爱很爱你，离开了你，我也很不习惯，也很想很想你。妈妈，我也知道，你心里很难受，因为我当初选择了爸爸。妈妈，我当初之所以选择爸爸，是想减轻你的负担，同时，我留在他身边，就可以向他要钱，然后把钱都寄给你，这样，你就不用再早出晚归地卖水果了。妈妈，你好好地生活，不要担心我，以后，我会回来看你的。妈妈，你永远都是我的好妈妈，我永远都不会放弃你，等我长大了，我就接你来跟我一起过幸福的生活……

捧着信，女人泪流满面。原来，男孩的选择是一种伟大的选择；原来，男孩从未有过抛弃她的念头；原来，世上有一种离开并不是真正地离开，而是为了走得更近，为了给予对方更多的爱。

哭泣的冠军

这天早上，鲍尔森又迟到了，又被老师批评了一顿。鲍尔森埋着头，心里却直骂母亲。这些日子，鲍尔森经常迟到。鲍尔森的家离学校很远很远，可是他的母亲却总是睡懒觉，因此，鲍尔森总是得等母亲做饭，等吃了饭，他就赶紧往学校跑，可还是总迟到。鲍尔森想要是母亲早些起床做饭，他就不会迟到，就不会挨老师的批评。

这天下午，鲍尔森回到家里就大声地对母亲说："从明天开始，你必须早点起床给我做饭！"母亲说："怎么了？你又迟到了？"鲍尔森说："是的，这都怪你！"母亲说："你知道，我的工作很累，早上总是爬不起床，以后，你去上学的时候，跑快些就不会迟到了！"是的，自从父亲去世后，母亲为了这个家，就更操劳了，也许母亲并不是贪睡懒觉，而是她真的爬不起床，需要多休息一会儿。可是鲍尔森却说："我不管。我跑得已经够快了。"

然而第二天早上，母亲依然起得晚，鲍尔森吃过饭就赶紧往学校跑，可他还是迟到了。当然，他又被老师批评了一顿。

这天晚上，鲍尔森对母亲大发脾气，还动手打了母亲。母亲哭了，母亲说："对不起，对不起……"鲍尔森说："我不要你说对不起，我要你早点起床做饭，你明白吗？"

然而第二天早上，母亲依然起得晚，鲍尔森吃过饭就赶紧往学校跑，当然，他又迟到了。当然，他又被老师批评了一顿。鲍尔森恨死母亲了。

从此，鲍尔森一不高兴就拿母亲出气，母亲成了鲍尔森的出气筒。而母亲，似乎也跟鲍尔森对着干，总是迟迟起床。鲍尔森当然不会饿着肚子去学校，他只能等母亲做好饭吃了再走。虽然饭后的鲍尔森加足马力往学校跑，但他总是迟到。每一个早上，鲍尔森都会被老师批评。同学们也总是笑话他。当然，鲍尔森不想让老师批评，不想让同学们笑话，于是他每个早上不得不奋力往学校冲，他恨不得自己能够飞起来。

一年过后，鲍尔森跑得非常快了，他不再迟到了。那几天，鲍尔森特别地高兴。

然而，令鲍尔森想不到的是，随后的日子里，鲍尔森又迟到了。这是怎么回事呢？鲍尔森发现原来母亲起床更迟了。他清楚，母亲真的是在跟他过不去，他恨死母亲了。鲍尔森想既然母亲跟他过不去，他就必须跑得更快才行。于是每个早上，鲍尔森在长长的路上奋力地奔跑，他与时间赛跑，他必须准时赶到学校。开始，鲍尔森迟到了，可是后来，他又不再迟到了，为此，他非常兴奋。

就在鲍尔森还没兴奋够的时候，他的母亲，似乎知道了鲍尔森不再迟到的秘密，于是她再一次改变自己起床的时间，当然，鲍尔森又迟到了。鲍尔森想既然母亲要让他迟到，他就偏不迟到，他每个早上都在路上飞奔，他感到自己像个飞人。路上的人见了他，都停下来为他鼓掌。鲍尔森听到人们的掌声，他就跑得更快了。

母亲一年又一年地跟鲍尔森作对，鲍尔森一年比一年跑得快。许多年过后，鲍尔森成了一名运动员。

鲍尔森不再依靠母亲，他远离了母亲，他连个电话也不打给母亲，在他的心里，他觉得自己的母亲早已死去，那个活着的妇人，跟自己没有任何关系。

这年，鲍尔森在运动会上一举获得了短跑和长跑冠军。名不经传的鲍尔森一举成名，电视台报纸等媒体纷纷宣传报道他，广告商也纷纷上门找他。这天晚上，鲍尔森躺在床上看电视，电话来了，是他的老师打来的。老师说："鲍尔森，祝贺你！我想，你取得今天的成就，要感谢一个人……"鲍尔森不解地说："感谢谁？"老师说："你的妈妈！"鲍尔森说："也许是该感谢吧。以前，要不是她迟迟起床做饭，我还真不可能跑这么快！"老师说："不是也许，而是必须。当年，我发现你有天赋，让你参加训练，可是你却不愿意，后来我告诉了你妈妈，让她劝劝你，她说劝你没用，只有逼你，于是她就故意迟迟起床，让你不得不天天跑着到学校……"鲍尔森一下子就明白了，是母亲在后面一直推动他，让他跑起来，让他跑上了领奖台。

第二天，鲍尔森坐车回去看母亲，可是，母亲不在，问邻居，邻居告诉他，他的母亲一个月前就去世了。鲍尔森吃了一惊，他说："为什么不给我打电话呢?"邻居说："当时大家都想叫你回来的，可是她却不同意，她说你正在训练，要参加运动会，不能耽误了你!"在母亲的坟墓前，鲍尔森跪下了，他说："妈妈，对不起，对不起……"鲍尔森不禁泪流满面。

变重的母亲

在医院的病床上，躺着奄奄一息的母亲。母亲已经住院半个月了，虽然最好的医生用了最好的药，可是她的病却一直不见好转，而且呼吸一天比一天微弱，医生说她随时都可能离开这个世界。

母亲的儿子和女儿守在她的身边，静静地看着她，屏气凝神，一动不动，生怕打搅了母亲的休息。母亲已经睡了好一会儿了，他们等待着母亲再一次醒来。他们想母亲醒过来肯定会对他们说一些什么，也许会交代一些重要的事情。每一次母亲醒过来，都会对他们说些话，都会问他们一些话。许多时候，只有儿子在母亲身边，女儿不在。

终于，母亲醒过来了，儿子轻轻地叫着："妈！"女儿也轻轻地叫着："妈！"母亲轻轻地点点头，然后轻轻地说："你们能抱抱我吗？"儿子和女儿相互看了一眼，他们心想母亲突然要我们抱抱她，这是什么意思呢？儿子和女儿对母亲点点头说："好，我们抱抱你！"

女儿掀开母亲身上的被子，轻轻地伸出双手，然后把母亲抱了起来。母亲问女儿："我变轻了还是变重了？"女儿以前抱过母亲，就是在母亲住进医院的那天，她还抱过母亲。现在她手里的母亲，明显比以前瘦多了，当然，母亲也就比以前轻多了。女儿回答说："妈，你变轻了！"母亲点点头，把脸转向儿子说："你也抱抱我吧！"

于是女儿就转身将母亲交给儿子，儿子小心翼翼地伸出双手，生怕伤害到了母亲。女儿松开手，儿子突然全身一沉，他不得不把全身的力气都用在手上。母亲问儿子："我变轻了还是变重了？"儿子以前也抱过母亲，就是在母亲住进医院的那天，他还抱过母亲。现在他手里的母亲，明显比以前瘦多了，可是，他感到手里的母亲却比以前重多了。儿子回答说："妈，你变重了！"母亲点点头，说："把我放回床上！"儿子小心地将母亲放回床上，这才松了一口气。

这时，女儿把儿子拉出了病房，她问儿子说："哥，你看妈比以前瘦多了，怎么可能变重了呢？"儿子认真地说："妈是真的变重了！"女儿说："可是刚才我抱着她的时候，明明感到她变轻了！哥，你是不是为了让妈宽心才说她变重了？"儿子说："我没骗妈，真的是妈变重了！"女儿摇了摇头，说："哥，我有事，先走了，你照顾妈，有事就给我打电话！"说完，女儿走了。

儿子一走进病房，母亲就对他说："你过来！"儿子走上前俯身问母亲："妈，你需要什么？"母亲摇了摇头，拿出一张存折塞给儿子。儿子接过一看，整整四万元，儿子吃了一惊。母亲说："不要告诉你妹妹，这是我给你的！"儿子一惊："妈，为什么不给妹妹？"母亲说："因为我在你手里变重了！"

儿子莫明其妙，睁大眼睛看着母亲："妈，你在我手里变重了就给我这么多钱，这是为什么呀？"母亲说："我现在比以前瘦多了，可是我在你手里却变重了，这说明什么呢？说明你比我瘦得更厉害！你为什么会比我瘦得更厉害呢？那是因为你白天黑夜都守在我身边，心里一直想着我，一直担心着我。你说，我不把钱给你，给谁？"原来昏睡的母亲心里什么都清楚。儿子拉着母亲的手，热泪长流……

世上最高贵的绑架

克鲁斯不务正业，天天就想着吃喝玩乐，最近他还迷上了赌博，结果输得一塌糊涂。克鲁斯的父亲和母亲看在眼里，痛在心里。他们只要多说克鲁斯几句，克鲁斯就会冲他们大喊大叫，还举起拳头，对他们说要是敢再说他的话，就别怪他对他们不客气。父亲和母亲听了这话，只好抱头痛哭，他们束手无策。

这天中午，克鲁斯喝了酒，他得意地对父亲和母亲说道："今天晚上，你们在家等我的好消息，我要发财了！"说着，克鲁斯哈哈大笑。父亲说："你要发财了？你想干什么？"克鲁斯看了父亲一眼，说道："干什么？我要去绑架鲍威尔！"父亲和母亲听了都惊讶得张大了嘴巴。鲍威尔是本市首富，有几十亿美元的资产，只要去绑架他，鲍威尔的家人当然就会拿钱赎人。可是真要绑架他，谈何容易，据说他的别墅每天 24 小时都有保镖巡逻，就是外出，他身边都有 8 名保镖跟随。克鲁斯看到父母吃惊的样子，又笑了起来，他说："看把你们吓的！我不会那么傻，跑去送死的。我准备了枪，我会成功的！"克鲁斯说着又端起酒杯喝酒。一切他都计划好了，他只许成功，不许失败。

晚上，就在克鲁斯去绑架鲍威尔的路上，他检查自己的手枪，发现手枪是一把玩具枪。克鲁斯气得又骂又跳，他想换枪这事肯定是父亲干的。克鲁斯跑回家，把父亲从沙发上拎了起来，大声吼道："我的枪呢？枪呢？"父亲盯着克鲁斯说："什么枪？"克鲁斯伸手打了父亲一耳光，吼道："你混蛋，把我的枪藏到哪儿去了？快说！"父亲说："我不知道！"克鲁斯想父亲肯定不会告诉他，只好松开手，踹了父亲一脚，然后就跑去找手枪了。

克鲁斯在家里这儿找找，那儿翻翻，花了近一个小时的时间，他总算找到了那把手枪，然后克鲁斯带着手枪冲出了家门。父亲和母亲眼睁睁看着克鲁斯出了门，两人一屁股坐在沙发上，抱头痛哭，他们知道，克鲁斯这一去必死无疑。他们只有克鲁斯这么一个儿子，克鲁斯要是有个三长两短，他们怎么活下去？

克鲁斯来到鲍威尔别墅不远处的一个花园，他在那里等待着鲍威尔的到来，他已经打听清楚了，今天晚上，鲍威尔将会和他的一个情人在这里幽会。鲍威尔和情人幽会，保镖肯定不会在他们身边，克鲁斯想他只要抓住机会，就一定能绑架鲍威尔。

克鲁斯在花园里等呀等，可是他等了很久，也没有见到鲍威尔的影子。就在他怀疑自己的消息得来是不是可靠的时候，他突然听到了一连串尖锐的警笛声。克鲁斯不由吓了一大跳，看样子，警察来得可真不少啊，莫非他们是冲自己来的？难道是父亲打电话报了警？该死的家伙！早知这样，我就该把他们都绑起来！克鲁斯赶紧逃离了花园。

克鲁斯跑了好远一段路，才停下脚步，他喘着粗气，心怦怦直跳。"放了人质，放下手枪，否则，我们开枪啦！"这是警察的喊话。克鲁斯想，看来警察不是冲自己来的！谁绑架了谁呀？

克鲁斯决定去看看热闹，顺便看看警察怎么对付绑匪，于是便寻声跑了过去。只见几十个警察将两个人包围在中间，那个穿着圣诞老人衣服戴着面具的人手里拿着一把手枪，显然他就是绑匪，他手中的人质被一块大布围着，根本就看不清是谁被绑架了。周围围了不少看热闹的人。克鲁斯问一个观众："谁被绑架了？"观众说："听说被绑的人是鲍威尔。那个绑匪胆子也太大了，连鲍威尔都敢绑架，简直是不想活了！"克鲁斯听了吃了一惊，原来有人比自己捷足先登了。不过这样也好，否则，那个被警察包围的人可就是自己了。

警察对绑匪一直喊话，可绑匪一直不肯放了人质，也不肯放下手枪。等喊话一停，绑匪叫着："赶紧让鲍威尔的家人在 5 分钟之内给我送 100万美元来。还要给我准备一辆汽车，要加满油，别要什么花样，否则，我就一枪毙了他！"

克鲁斯觉得这个绑匪太嚣张了，警察肯定不会放过他。果然，早就瞄准绑匪的狙击手终于扳动了枪，一颗子弹比闪电还快，绑匪来不及做任何反应就中弹了，接着就直直地倒了下去。

霎时，警察们一拥而上，救下了人质，拉开了人质身上的布，所有的人都吃了一惊，人质并不是鲍威尔，而是一位老妇人。克鲁斯吃了一惊，那位老妇人居然是他的母亲。

克鲁斯不顾警察的阻挡，他立即冲了过去，他说："妈妈，你怎么被绑架了？"母亲看到克鲁斯，凄惨地笑了笑，说道："你去把绑匪的面具摘了！"克鲁斯依言弯腰摘了绑匪的面具，他一下子愣住了，这个绑匪居然是自己的父亲。绑匪是父亲，人质是母亲，这到底是怎么一回事啊？克鲁斯抬头看着母亲，心中充满疑惑。

母亲说："我们不想失去你，在你出门后，我们一商量，就演了这场绑架鲍威尔的游戏。我们想的是，只要我们的游戏一玩起来，就能引起鲍威尔的注意，就能引起警察的注意，就能让你放弃自己的计划。同时，我们这么做，也是为了让你明白，绑架不是一件小事，不是随随便便就能成功的，是要付出巨大代价的，是要付出自己的性命的！我，还有你爸爸，希望你以后不要干傻事，好好做人，好好生活！"

克鲁斯听了连连点头，他知道，是父亲牺牲了自己的性命，来换取他的性命。是父亲把他从地狱绑架回了人间，父亲是一个伟大的绑匪！克鲁斯跪下去，扑在父亲的身上，泪流满面，他嘴里不住地喊着："爸爸啊！爸爸，对不起！对不起！是我害死了你！是我害死了你！我该死！我该死……"

飞翔的父亲

周末，女人的好友约她去玩。男人和儿子也决定外出去玩。男人开着车，带着儿子往城外驶去。三个小时之后，他们进入一片山林。山林里荒无人烟，他们决定在山里玩一天，摘野果，抓野兔。

山路弯弯曲曲，路边就是悬崖，深不见底，男人开得小心翼翼。儿子很小的时候，男人和女人来过一次，那时，儿子不懂事，现在儿子大了，看到高山不由惊呼。儿子说，这简直就是原始森林。男人笑了，是的，这就是一片森林，除了树，除了动物，没有人居住。

进入山林之后，男人找了一片开阔地将车停下。男人和儿子决定步行深入。开车，实在太危险。儿子迫不及待地打开车门跳下去，蹦蹦跳跳地往前跑去。

跑了不久，男人和儿子面前是一道山坡，他们开始往上爬，他们比赛看谁先爬上去。他们抓着草，拽着藤，一步一步往上爬。最终，儿子先上去，他在山上高呼，他说他看到了好多野兔。

男人爬上去后，他也看到了野兔，几只野兔正向林子深处跑去。儿子向野兔追去，男人也跟着追去。

突然，男人看到儿子从他眼前消失，男人正吃惊的时候，他掉下了陷阱。那是从前猎人留下的陷阱。男人掉下去，他痛得大叫一声，他试图站起来，却无法站立。他看到腿在流血，他明白，自己的腿受伤了。男人明白，儿子也掉进了陷阱，要不然，他不会突然从自己眼里消失。

男人呼唤着儿子的名字，可是，没有儿子的回应。男人急了，他想儿子凶多吉少。他想他必须尽快爬出陷阱找到儿子。男人挣扎着爬起来，刚站稳就又倒下去。男人看到旁边垂着藤条，他爬过去，双手紧紧抓住藤条，一点一点地往上爬。男人平时经常锻炼身体，手劲很大，他凭着强大的手劲，一点一点地爬出了陷阱。

男人向前爬，没找到儿子。又向左边爬，他看到了一个陷阱，里面躺着儿子。儿子晕过去了，儿子受了伤，他的腿上和手上都有血迹。男人呼唤着儿子的名字。儿子醒过来，他哭了，他说："爸爸！救我！"

男人将垂在陷阱里的藤条拉上来，打了结，然后再垂下去将儿子拉了上来。儿子的伤也很重，也无法站立。男人掏出手机，准备打电话求救，可是手机却摔坏了。男人不由长叹一声，现在，只能爬着回到车上了。

然后，男人和儿子开始往回爬。爬，爬，爬，血洒在身后的草地上，看上去，那是一朵一朵红色的小花。爬了很远，他们累了，他们气喘吁吁，有气无力。男人知道，如果不尽快回去，他和儿子必死无疑。

男人和儿子稍作休息又往前爬。爬呀爬，爬一步，歇两步。照这样的速度，他们爬不到车上就爬不动了。男人决定抄近路，往就近的山路爬去。这是周末，山路上有车通过，向别人求救，这是最好的办法。

男人和儿子改变前进的路线，向前爬。爬，爬，爬。他们爬到再也爬不动的时候，他们看到了山路。山路就在他们眼前，可是，山路距离他们有两百米，也许有 300 米。他们在山坡上，山路在半山腰。

这时，一辆小车驶过来，男人大声呼喊："救命！救命啊！"儿子也大声呼喊："救命！救命啊！"然而，车上的人没有听见，小车慢慢地驶过去，消失在男人和儿子眼里。男人和儿子都偷偷地抹泪。

男人知道，他们在山上，距离又远，车又在行驶，车上的人是难以听见他们的呼声。男人看到不远处有一块石头，他爬过去，慢慢将石头推上坡。他想等车来的时候，他将石头推下去，那样，一定能引起司机的注意。

等了近半个小时，又一辆小车驶过来。男人将石头推下去，男人和儿子紧盯着那块石头，那是他们的希望。可是，石头滚到半路就被藤条绊住不再滚动。男人暗叫一声糟糕，他看看四周，没有石头。

就是有石头，也来不及了，车很快就会开过去，那样，男人和儿子将会继续等待。也许等半个小时，甚至一个小时也不会再有一辆小车经过。男人看到儿子脸色苍白，他知道儿子不能再坚持了。在这里多待一刻，儿子就可能永远也见不到他的妈妈。

男人用劲力气，往前一蹬，他向山下滚去。他滚得飞快，滚过一丛丛藤条，准确无误地掉在山路中间。小车上的人看到了男人，吃了一惊，将车停下。车上的人走下来，看到面目全非的男人，湿了眼睛。

　　最终，男人死了，而儿子得救了。在男人的衣服上，用血写着四个字：山上儿子。小车上的人上山找到了儿子，把他送进了医院。

　　女人来到医院，看到受伤的儿子，得知男人死了，号啕大哭。儿子告诉女人，爸爸是为了救他才死的。儿子说爸爸为了救他是飞着扑向小车。儿子说他觉得那时的爸爸是天使。

母亲的游戏

　　珍妮喜欢和年幼的儿子杰克玩捉迷藏的游戏。几乎每天她都和杰克玩捉迷藏。开始的时候，她和杰克在家里捉迷藏。后来，她对杰克说家里范围太窄，便到了小区的林子里捉迷藏。他们轮流藏，轮流找，更多的时候是珍妮藏，杰克找。杰克藏起来，珍妮总是能找到他。珍妮藏起来，杰克很难找到她。杰克找不到珍妮，便悄悄地离开，这样一来，珍妮不久便会主动现身，杰克就会跑上前抓住珍妮的手说："妈妈，我找到你了！"

　　珍妮和杰克乐此不疲地玩着捉迷藏的游戏。随着时间的推移，珍妮藏得越来越难找。杰克找不到珍妮，只好坐到一边等，他想妈妈藏一段时间，自然会主动现身。可是渐渐地，他发现无论他坐一个小时还是两个小时，妈妈都不会主动现身。这样一来，杰克就急了，就在小区的各个角落里寻找珍妮。可是，即使杰克寻遍了整个小区，他也找不到珍妮。就在杰克急得要哭的时候，珍妮终于出现了，她的手里提着各种蔬菜和杰克喜欢的糕点。原来当杰克找她的时候，她已经偷偷地溜出了小区，上街购物去了。

　　后来的日子里，几乎每天珍妮和杰克玩捉迷藏的时候，她都会偷偷地溜出小区。这样，无论杰克在小区里怎么找，都找不到她。即使杰克急得大哭，不停地叫着"妈妈，妈妈"，也无济于事。小区里的人都知道珍妮喜欢和杰克玩捉迷藏，既然玩就应该好好玩，丢下杰克一个人，偷偷地溜出小区，那就不是玩游戏了，而是对杰克的欺骗。大家都知道，杰克的亲生母亲在他出世不久，因为一场车祸去世了，珍妮是他的继母。显然，珍妮越来越不喜欢杰克了。

　　好心的人可怜杰克，于是在见到珍妮的时候便告诉她，杰克是她的孩子，希望她爱他。好心人还希望珍妮以后跟杰克玩捉迷藏的时候，不要再偷偷地溜出小区，丢下杰克一个人。

可是好心人的话并没有起到一点作用，珍妮依然我行我素，依然在跟杰克玩捉迷藏的时候丢下他，偷偷地溜出了小区。有人就去对杰克说以后别跟珍妮玩捉迷藏，可是杰克没听，他依旧同珍妮玩捉迷藏。原来是珍妮要杰克跟她玩的，因为只有玩了捉迷藏，杰克才能得到零食吃。

可怜的杰克时常一个人在小区里苦苦寻找珍妮，而珍妮仍一个人偷偷地溜出小区，自由自在地逛街购物，这让小区的人十分愤慨。于是有人在见到杰克的爸爸比尔的时候，便告诉了比尔一切，希望他劝劝珍妮好好对待孩子。好心的人们对比尔说："她丢下杰克在小区里找她，那是在折磨杰克啊！你不知道，有时杰克急得抹眼泪呢！可怜的孩子，要是她的亲生妈妈在世就好了！"比尔听了心里很不是滋味。

那天晚上，比尔对珍妮提到了她和杰克捉迷藏的事，他希望珍妮不要再这样对待杰克，说杰克是一个好孩子。比尔还说："亲爱的珍妮，就算杰克真的哪里惹你生气了，你也不要这样折磨他，你要折磨就折磨我吧！他是我的孩子，也是你的孩子！"珍妮听了说："其实，我是爱杰克的，我一直把他当亲生的孩子对待！"

话虽这么说，可是珍妮依然在玩捉迷藏的时候丢下杰克，一个人偷偷溜出小区。从前，珍妮中午会回来；中午没回来，下午也一定会回来。可是现在的珍妮却是夜晚都没回来，比尔打电话询问，原来她到朋友家去了。比尔生气地挂断电话，搂紧杰克，含着泪水说："杰克，爸爸对不起您！"此时的比尔，后悔当初娶了珍妮。当初，珍妮说会一辈子对杰克好，原来，她是骗人的。

后来，比尔对珍妮越来越冷淡，杰克也对珍妮越来越冷淡，很少和她玩捉迷藏的游戏了。因为每次玩捉迷藏，珍妮都会溜出小区，有时要好几天才回来。杰克也知道珍妮欺骗他，便讨厌她了。

日子过得飞快，转眼就又是半年过去了。这天，小区的人看到比尔从外面回来，便对他说："我们有好些日子没有见到珍妮了，她丢下杰克不管，不是个好妈妈……"比尔听了连忙摇头："其实，我们大家都误会珍妮了。"然后，比尔将一切都告诉了大家。

原来，以前珍妮跟杰克玩捉迷藏，总是偷偷溜出小区，丢下杰克，欺骗杰克，让杰克找不到她，是因为她得了绝症。她怕杰克在失去了她之后会很痛苦，才捉迷藏欺骗他。这样，杰克就会越来越讨厌她。当她去世后，杰克即使见不到她，也会认为她像从前一样，溜出小区，躲到别的地方去了，他就不会为此难过，只会讨厌她。

　　比尔说着热泪盈眶。大家听了比尔的诉说都湿了眼睛，大家都为误会珍妮感到惭愧和难过。就在这时，只见杰克跑过来，他对大家说："等会儿我藏到林子里去，你们不要告诉我妈妈，就让她找我去吧！急死她！"说完，杰克就兴奋地跑开了。在杰克眼里，珍妮还活着，还在欺骗他，而这一次，他也要骗骗珍妮，让她找不到他——为此，他很快乐。大家微微一笑：珍妮，你做得对，你是好样的！

# 投诉母亲

母亲下班回来的时候，儿子对母亲说，妈，你该辞职了！母亲在一家超市上班，母亲以前上班是为了多挣点钱给儿子读书，现在儿子毕业工作了，母亲完全可以不用去上班了。今天，儿子去了超市，看到了母亲，看到母亲很忙很累。母亲说，我想继续干下去，我觉得一点都不累，我已经习惯了上班，要是不上班，反而无聊得很！儿子看了看母亲，说，现在我工作了，我的工资4000多，你真的不用再上班了。你可以去跟别人聊天，或者打打牌，不会无聊的！母亲说，我上班不是为了挣钱，我是为了快乐。超市里人来人往的，可以跟许多人说话，这是很快乐的一件事。母亲的话，儿子当然不相信。儿子亲眼看到母亲忙忙碌碌，哪有快乐？母亲还想上班，是还想多挣钱。儿子知道，母亲挣钱是想换房子，然后让他风风光光地结婚。儿子不再劝母亲，母亲的性子，儿子知道。

但儿子决心不让母亲上班了，儿子有儿子的办法。

不久后的一天，母亲回家就叹气。儿子见了就问母亲，妈，你怎么了？累了就不要再干下去了，家里不缺那几个钱！母亲说，不累，不累！我没想到，我干得那么认真，干得那么好，居然有人投诉我，而且还是好几个人投诉我，说我态度不好，对他们不尊重。唉……母亲长长地叹气。儿子的心里暗暗发笑。儿子说，妈，有人投诉你，只怕老板不要你干了。母亲说，老板没说不让我干，他只说要扣我这个月的奖金。那几个投诉我的人，成心跟我作对呀。一个月的奖金，近百块钱！母亲为奖金惋惜不已。儿子见母亲心痛的样子，心里也不由一疼。其实，那几个投诉母亲的顾客，是儿子让他们干的。儿子这么做，是想让老板把母亲辞退了。既然老板还不肯辞退母亲，儿子就决定再找人投诉母亲，他一定要让母亲失去这份工作，一定要让母亲回家好好享福，不再那么累了。

富翁的秘密

为了让老板辞退母亲，儿子又找人投诉母亲。一天投诉母亲一两次。儿子想，这样一来，母亲肯定会成为超市最糟糕的售货员，老板肯定不会再不重视这事了，肯定会无情地把母亲辞退。

一连几天，母亲回家都没有提老板找她谈话的事。儿子耐心地等待着。儿子相信自己的做法肯定有效果。假如儿子是老板，如果他手下有人不断被顾客投诉，他会毫不犹豫地辞退那人。儿子相信，老板不会知道这是一个阴谋。

一周过去了，母亲还没有被辞退。这天，母亲回来的时候，一脸的兴奋。儿子见了就问母亲，妈，你今天显得挺高兴，有什么喜事？母亲说，我升职了！儿子吃了一惊，妈，你升职了？你不是说有人投诉你吗？老板还会提拔你？母亲说，这是真的！上周有几个人投诉我，这几天，老板就在观察我，看我是不是真的如顾客说的那样态度不好。这几天，老板都觉得我很不错，谁知却依然有人在投诉我。老板觉得太奇怪了，后来就问投诉我的人为什么随意乱投诉，陷害员工。投诉我的人最后说了实话，说是收了人家的钱，故意投诉我的。老板听了很气愤。超市里正好缺一个主管，老板想肯定有人视我为对手才请人投诉我的，再加上我干了这么多年，一直不错，老板观察这几天，也发现我真不错，于是就提我当主管了。儿子，你说这是不是喜事？还真得感谢那个请人投诉我的人。要不是他，我怎么能引起老板的注意？怎么能当上这主管？

儿子听了，呆了，没想到事情会弄成这样。儿子原本是想让老板辞退母亲的，没想到却让母亲升了职。如今，当了主管的母亲，想让她不上班，更难了。儿子看到母亲灿烂的笑，也不由得笑了笑。儿子想，当了主管的母亲不会像从前那么忙那么累了，工资也长了一大截，只要母亲高兴，他还能说什么呢？他所做的一切，想要的结果，不就是让母亲过得高兴吗？

投诉母亲的事，儿子没说，那是一个秘密，是他的幸福。

只想把你留下来

　　老人是一个月前来儿子这里的，还有 10 天就过春节了，老人准备回家了。其实，老人是想在省城过一个春节的，因为她还从来没有在城里过个春节。城里到处张灯结彩，年味比农村浓厚得多，想来省城里的春节别有一番风味。可是，如果老人真的留在省城过春节的话，那样会给儿子他们增添很多麻烦。春节期间，儿子他们会请别人吃饭，别人也会请儿子他们吃饭，可能天天都有请，天天都在外面吃饭。如果儿子他们带她一起去吃饭，那样她会给儿子他们难堪的；不去的话，儿子他们心里又会过意不去。所以，老人想还是自己回农村为好，况且，农村还有自己的大儿子一家呢，还有山上睡着的他爹呢。

　　晚上，吃饭的时候，老人就对儿子他们提出说要回家了，儿子说："妈，你留下来吧，现在坐车的人很多，很挤!"老人说："我不怕挤!"儿媳说："妈，你就留下来吧，你还没在城里过个春节呢!"老人说："不了，我要回去了，我想家了!"儿子说："妈，这不就是你的家吗?"老人说："这是家，可我还是想回乡下的家了，明天，我就去买火车票!"儿子说："好吧，你要回去，我也不拦你。你别去火车站，我去买票!"老人点头答应了。老人知道，去火车站，还得转两次公交车，而她对城里是一点也不熟悉，真要自己去，弄不好会给儿子他们增添麻烦的。

　　第二天，是周末，儿子一早就出了门。快中午的时候，儿子才回来。老人急切地问："买到票了吗?"儿子摇了摇头，说："排了半天的队，谁知轮到我买票了，一问，说到秀昌的票早就卖完了!"老人说："卖完了?你是说春节前的票都卖完了?"儿子说："是呀，都卖完了!"老人喃喃地说："那我怎么回家呢? 只好坐汽车了!"儿子说："不行，不行! 坐汽车太危险了!"老人知道儿子所说的危险，一是春节期间人流量大，汽车上

很可能有坏人；二是从省城回秀昌的公路要经过很多悬崖峭壁，经常都
有车掉下悬崖；三是春节期间坐车返乡的人特别多，司机为了多挣钱往
往会超载。

老人说："那我不就回不去了吗？儿呀，你想想办法吧！"儿子说：
"妈，我能有什么办法？要不，你就等过了节再回去，节后回去的火车票
好买！"老人说："可是我想节前回家啊！"儿媳终于说话了："妈，你别
急，我有朋友在火车站上班，我帮你问问看能不能搞到一张火车票！"老
人说："那就全靠你了！"

然而，晚上儿媳给老人的回答却是说没买到票，说票真的没有了，
火车站的人也没有办法。老人很失望，她想自己真的是回不去了，真的
是要在城里过春节了，可是那样的话，真的就要给儿子他们增添很多很
多麻烦了。

这一夜，老人没有睡好，老人想儿子和儿媳会不会骗她呢。老人想
儿子和儿媳应该不会骗她，也许他们还巴不得她回去，那样就会给他们
省很多麻烦。老人想自己一定要回去。

第二天上午，老人悄悄坐车去了火车站。老人想买一张回家的火车
票，老人想票真的卖完了的话，那就等等吧，说不定有人退票呢，那样
自己就能有票了。万一不行的话，就找票贩子吧，票贩子手中肯定有到
秀昌的票。

老人到了火车站，老人看到售票处排满了长长的队伍。老人想回家
的人还真多呢，看来儿子他们没有骗自己，到秀昌的车票怕是真的卖完
了吧！可是老人还是毫不犹豫地加入了长长的队伍，她想碰碰运气，希
望有人退过票，正为她留着呢！

一个小时过去了，两个小时过去了，终于，老人排到了队伍的最前
头，老人问售票员："有到秀昌的票吗？"售票员说："有！老人家，你要
买几张？"老人说："买几张？你这儿还有很多到秀昌的票？"售票员说：
"还有很多！"老人吃了一惊，怎么会还有很多呢？儿子不是没买到票吗？
儿媳找熟人不是也没搞到票吗？怎么会还有很多呢？老人终于清楚了，
是儿子和儿媳欺骗了她。他们为什么要欺骗她呢？原因很简单，他们只
是想留下她在城里过一个春节。售票员见老人发愣，问道："老人家，你
买不买票？"老人说："不买了，不买了！"老人知道，自己一旦买了车

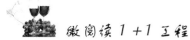

票，一旦回家，就会让儿子他们失望的。

　　老人走出队伍，走出火车站，坐上公交车，再转车，再走路，然后上楼，她回到了儿子家。这时候，已经是吃午饭的时候了，儿媳正在厨房里忙着，儿子正在屋子里急得团团转，看到老人回来，儿子和儿媳赶紧跑过来问："妈，你上午到哪里去了？我们到处找都不见人！"老人说："让你们为我担心了，我出门逛街了，因为贪看街边的风景，就走远了，也忘记了时间……"儿子盯着老人说："是吗？你没到火车站去吧？"老人说："没去，没去！我又不坐火车，我去火车站干啥呢？"儿子笑了，儿媳笑了，老人也笑了。

母亲的电影

　　天旋地转，天昏地暗，母亲和儿子还没弄清楚是怎么一回事，就被倒塌下来的房屋埋住了。一时之间，四周都是哭声和呼救声。母亲哭了，儿子也哭了。儿子说，妈，我好痛，好痛！母亲知道，儿子受伤了。母亲也受伤了，她能感到自己正在流血，那是很重的伤。身上的那块水泥板，压得她动弹不得。现在，她已经知道发生地震了。她的心里不免担忧起来。她对儿子说，乖，不哭，不哭！

　　母亲是带儿子出来买玩具的，儿子还没选好玩具，就遇到了突如其来的地震。儿子当然不知道这是地震，儿子还小，连学都没上。儿子说，妈，我痛啊！好黑，我怕！母亲和儿子都被埋在了砖头里，只有一些缝隙透进一点点微弱的亮光。母亲说，别怕，有妈妈在，别怕呀！母亲又说，等会儿妈妈给你买很多很多的玩具！你别怕，别哭，我们这是在拍电影。拍电影你知道吗？

　　拍电影？儿子充满了好奇。就是电视上的那种电影？母亲说，是的，是的！现在，你和我都是演员，你明白吗？儿子笑了，儿子说，我明白。拍成了电影，那我们就能上电视，很多人都会看到我们，对吗？母亲说，是的，到时候，大家都认识你，很多小朋友都会和你成为朋友……儿子说，那就太好了！母亲说，我们一定要演好，所以，现在你不能哭，也不要害怕！儿子说，我不哭，也不害怕。这是拍电影，真好玩！

　　母亲不由露出一丝苦涩的笑。现在，她和儿子只能等待，等待救援人员的到来。在这段时间里，她和儿子只能保持镇定，保持体能。

　　天黑下来了，可是救援人员却还没有出现。母亲不知道外面的情况怎么样了，她想，有人来救我们吗？儿子已经睡着了，她不由轻轻地哭泣起来。她感到自己越来越疲惫，身体也越来越疼痛。她不知道儿子的伤重不重，儿子的呼吸稍稍让她踏实——儿子还活着。儿子还活着，她就不能绝望。

不知什么时候，母亲也睡着了。醒来，她又看到了亮光。可是这时她感到身上凉凉的，她几乎认为自己已经死了，只是当疼痛袭来的时候，她知道，自己还活着。她听到了雨声，是下雨了。她的心紧张起来。这时，儿子也醒了，儿子说，妈，我好冷，好冷！母亲说，别怕，别怕！这是拍电影呀……儿子说，还要拍多久啊？我饿了……母亲说，再等等，电影就拍完了，到时候，我带你去馆子吃饭！儿子说，我不想拍了，我冷呀……母亲说，就快好了，你坚持一下，好吗？儿子说，妈妈，是不是拍电影都不吃饭，都这么可怕啊？母亲说，是呀！我们这电影很精彩，到时候大家都会喜欢你的，说你像英雄。儿子说，我就要当英雄，就要当英雄！母亲说，别说了，我们要保持安静，不要打扰了拍电影！于是儿子不说话了。

雨一直在下，"哗哗哗"，漏下来的雨水越来越多，母亲和儿子的全身都湿透了，冰凉冰凉，但母亲和儿子还是一动不动。他们几乎动不了，能动的，只有嘴巴。雨水漏下来，漏进他们的嘴巴，他们一点点地往下咽，都不说话。他们都不想说话，每说一句话，都会让他们感到特别地疼痛。

天，又黑下来了。黑下来了，母亲感到了绝望。为什么到现在还没有人来救我们？她不知道自己还能坚持多久，儿子还能坚持多久。透过砖缝，母亲看得到儿子，但看不清楚，她只能看到儿子的眼睛一闪一闪。儿子什么都不清楚，儿子一切都相信她呀。她对自己说，你要挺住！挺住！你是一个母亲！

天亮的时候，母亲惊醒了，她听到了走动的声音，还听到有人在呼叫，她笑了——救援人员来了。她大叫起来，我们在这儿……她用尽了全身的力气——她怕救援人员听不到。救援人员听到她的叫声，说，我们来救你们，你们再坚持一下！

儿子也醒了，儿子说，妈，有人来了！母亲说，我们的电影马上就拍完了，你别怕！儿子说，妈，以后我们不再拍这样的电影了，好吗？母亲说，好……

半个小时后，母亲和儿子被成功救出。儿子看到许多官兵，他说，这么多人拍电影啊！

有人惊奇地说，拍电影？母亲把一切都告诉了大家，她说，我不想让孩子害怕，不想让孩子绝望，我只能告诉他说这是在拍电影！年轻的母亲说完，突然放声大哭起来。这场电影，让她感到害怕，差点崩溃。但无疑的，她是一位优秀的演员、一位优秀的母亲。

儿子的大学

老张天还没亮就背着一袋干粮和衣服出了门。老张是昨晚才决定出门的。老张出门是去看看儿子的大学。昨晚吃饭的时候，老张的儿子告诉他说他报考了省城的一所大学。老张听了就问儿子那所大学好不好，儿子说告诉他说还可以，说他是从网上看到的。老张一听就急了，网上的东西，谁说得清是真是假，是好是坏。老张知道，上大学需要很多钱。于是昨晚老张就说可以就可以吧，说明天他就出门去打工挣钱给儿子上学。老张没有撒谎，他要先去看看儿子的大学如何。如果好的话，他就在城里打工挣钱；如果不好的话，他就要赶回来，让儿子另做打算。所以，老张宁愿甩下地里的庄稼不管，也要去一趟省城。庄稼只是一季的事，而儿子读书，则关系到他的终生。不好的大学，不但花费了钱，还浪费了儿子的青春。

老张没有去车站乘车，老张想儿子上大学需要那么多钱，就步行去省城。老张走得很快，他计划在 10 天之内赶到省城。路上，不乏好心的货车司机，见老张一个老头步行，风尘仆仆的样子，便问他去哪里，得知他要去省城，然后就捎带他一段路。老张坐了好几个人的货车，也走了些路，只花了 5 天的时间，就来到了省城。

省城给老张的第一印象就是楼房又高又大又多，人也特别的多。老张一路打听儿子的大学，花了大半天的时间，总算在城外找到了儿子的大学。校门气势辉煌，几个大字在阳光下闪闪发光。老张就激动起来了。校门没有关，有人进进出出。老张看到门口有门卫，赶紧混在人群中钻进了学校。许多人都看着他，不知道这是哪里来的一个糟老头。老张在大学里转来转去地看，看到了气派的教学楼、公寓、图书馆等等，可最后老张却迷了路，老张就急了。这时一个男人看到了老张，便问他，你干什么的？老张说，我是来看看这大学的，我儿子报考了这大学，我来考察一下！男人听了就笑了，说道，实地考察一下，还可以吧？老张不住地点头，说，好，好！只怕一年得很多学费吧？男人说，5000多，还有一些其他杂费，也不过就七八千的事！老张听了，天旋地转，吞吞吐吐地说，这么多呀……我的天！男人说，我们的收费只算一般，还有更高的呢！你儿子要是读书努力，可以拿奖学金！老张不由点了点头……

老张也不知道自己最后是怎么走出这大学的。老张走出大学的第一个念头就是，赶紧挣钱。老张在附近找了3天的活，也没有找到事做。不过，老张发现附近的垃圾是很值钱的，于是老张顾不得那么多了，开始了他捡垃圾的生涯。虽说脏一点，但是不累人，一天也能挣上三四十块钱，老张心满意足了。老张租了间附近一家农民的房子，一个月150块钱，老张就在那里住下了。每天，老张都要经过儿子的大学。看到儿子的大学，老张就有了希望，有了精神。

两个月后的一天，老张听说大学开学了，便丢下活儿，特地赶到校门口来看，他想看看儿子。老张就是看到了儿子，他也不会上前去相认。去相认，那样会让儿子没面子的。可是，老张在校门口整整看了两天，从早看到晚，也没有看到儿子的影子。老张不知道怎么了，儿子的学费不够，老张在离家的那晚就对妻子说了找亲朋好友借的，怎么儿子没来呢？

那天晚上，老张终于去打了人生中的第一个电话，他打到村长家里让妻子来接。很快，妻子就来接电话了。老张问妻子儿子怎么没来上大学，妻子告诉他说儿子上大学走了，不是那所大学，是省外的大学。老张问，他怎么不上这大学，跑到省外去了？妻子说，这大学没来录取通知，省外的那大学来了通知，就去了省外。老张然后问了大学的名字，就挂断了电话。

老张跑回去，把房子退了，然后背上行旅，连夜往省外儿子的大学奔去。老张要去看看儿子的大学。

父亲的推荐信

这年，朋友大专毕业，回到城里后，他开始四处找工作。他运气好，一回来就遇到一家待遇高、工作环境好的公司招聘人员。他一得知这个消息就赶紧跑去公司报了名。虽然要求大专文凭就可以，但是当他报了名出来和别的应聘者一交谈，他就失望了。别的应聘者的文凭至少都是本科，而他只是一个大专生，要脱颖而出，除非太阳从西边出来。

回到家里，父亲见他愁眉苦脸，一言不发，便问他，你怎么了？那家公司不要你报名，不要你吗？他说，不是！去报名参加应聘的人至少都是本科文凭，而我只是一个大专生，肯定就没希望了！父亲听了就笑着说，怎么会没有希望呢？我告诉你，我跟这个公司的老总有一面之缘，还在一起吃过一顿饭……他听了就不由得一喜，连忙说，爸，你怎么不早说？那你就去找老总说说情，让他给我一个工作吧！父亲说，我当然要帮你说情了！只是你还是得去参加笔试和面试。你好好笔试，等面试的时候，我给你一封信，你带去交给老总，老总见了我的信，他就不会为难你，你就能顺利通过了！他听了很高兴。

第二天，他信心百倍地去参加了笔试。笔试的内容并不很难，他做得得心应手。而那些本科生，倒做得一脸苦相。因为笔试的内容并不与学校所学内容相关。他之所以做得如此轻松，完全是因为他听说父亲与公司老总有交情，自己有了信心。

下午，他跑去公司大门口看成绩。他居然排在第二，有机会参加面试。他回家就高兴地对父亲说，爸，我名列第二，有机会参加面试，你写好推荐信了吗？父亲听了高兴地对他说，孩子，你放心，明天一早我一定给你一封推荐信！

第二天一早，父亲拿出一封信，对他说，这是我给老总的亲笔信，到面试的时候，你就交给他，他就不会为难你了！他兴奋地从父亲手中接过信，高兴地出了门。

当轮到他面试的时候，他拿出父亲给他的那封推荐信，镇定自若地走进了老总的办公室。老总对他说，你好，请坐！他说，老板，你好！这是我父亲给你的信！他说着就走上前，恭恭敬敬地把推荐信递到老总面前。老总一愣，看了他一眼，终于接过了信，拆开看了一眼，就笑着对他说，很好！他听了也很高兴，看来父亲的推荐信有作用呀！然后，老总就问了他一些话。因为有父亲的推荐信，他也就发挥得超乎寻常。老总没问他几个问题，就说他通过了面试，让他明天就来公司报到上班。

他兴奋地回到家里，高兴地对父亲说，爸，你的推荐信太管用了！老总看了你的信对我很有好感，只向我提了几个问题，就让我明天去公司报到上班！父亲听了就笑了起来。他又对父亲说，爸，以后我上班了，你也要经常跟老总说说话，打个招呼，让他多多关照我！父亲听了又笑了起来。他问道，爸，你笑什么？父亲笑着对他说，孩子，其实，我根本就不认识那个老总！我一个普通老百姓，怎么可能认识一个有钱的老板呢？

他听了不由得一惊，说道，爸，那你给我的那封推荐信又是怎么一回事呢？父亲笑着告诉他，我只不过是为了给你打气，增加你的自信而已。那封信上面，就只写了一句话：我一定能够得到这个工作！他听了又是一惊，继而就笑了，说道，爸，你真行啊！

陪父亲跑步

杨洋大学毕业，一晃就半年了，他求职无数次，也没有找到工作。工作一直拒绝杨洋，他心里感到特别沮丧。每天早上，杨洋都赖在床上，总是 10 点多才起床。父亲和母亲看在眼里，拿他也没有办法，只能叹息。

这天早上，杨洋正在床上睡得舒服，父亲来了，把他摇醒说："起来，跟我去跑步！"杨洋说："这时候，正好睡觉，跑什么步呀？"杨洋赖着不动。父亲把杨洋的被子掀开了，寒气直钻进来，杨洋赶紧把被子拉来盖上。父亲急了，一把将被子抱开了，说："快起来跑步，你看看你，才 20 多岁的人，三天两头就感冒。跟我去跑步，身体强壮了，啥病都不怕。"杨洋抱怨说："大清早的去跑步，就不怕弄感冒了？"见父亲仍然等着他起床，杨洋无奈地起了床，跟着父亲出门。

父亲说："我们沿着街跑，跑到公园，然后再跑回来！"杨洋没有吭声，跟在父亲后面跑着。杨洋故意跑得慢，很快就落在了后面。父亲不得不停下来等杨洋。等杨洋跟上来了，父亲说："你跑前面！"杨洋还是没有吭声，却撒开腿往前跑。很快，他就把父亲甩在了后面。他停下来，笑着等父亲。好一会儿，父亲才气喘吁吁地跑上来，说道："你小子存心跟我过不去呀！"然后，父亲抓住了杨洋的手，说："现在我们一起跑！"杨洋无奈地叹息，只好和父亲并肩跑着。

父亲说："洋洋呀，我知道你恨我，我让你跑步，还不是为了你的身体？你的身体好了，找工作也容易呀！上次你去应聘，人家就是嫌你身体不好，说你一个年轻人病恹恹的。你说，如果你是老板，你招聘员工，会招三天两头就生病的人吗？"杨洋听了，没有说话。

此后的每天，父亲去跑步的时候，都会叫上杨洋。虽然杨洋是一百个不情愿，可也无可奈何。每天跑步，父亲都会拉着他的手，和他一起并肩跑。自从杨洋天天早上和父亲跑步，他的身体果然好多了，再没感冒过，人也精神多了。

那天，杨洋去一家公司应聘，顺利地通过了笔试，面试由老总亲自主持。轮到杨洋面试的时候，他又紧张起来，以前多次都是面试没有通过，每个老总都会问些稀奇古怪的问题，让人无法应对。杨洋进了屋，跟老总打了招呼。老总笑着说："是你呀！"杨洋看着老总问道："你认识我？"老总点了点头，说道："我们每天早上都见面。"杨洋笑了起来："哦，每天早上你也跑步！"

老总说："是呀！每天看到你和你父亲手拉着手肩并着肩跑步，我就感到特别亲切。以前，我父亲在世的时候，他也喜欢跑步，每天都叫我陪他一起跑，可我总是拒绝他。后来的一个早上，他跑着跑着就摔倒了，结果从此再也没有站起来。要是我陪着他跑步的话，不会出这事。现在的年轻人，有几个不睡懒觉还起来跑步的？你能陪你父亲跑步，还和他手拉着手，真的太让人感动了！"

老总的话让杨洋很不好意思，他哪情愿陪父亲跑步呀，还不都是让父亲给逼的。手拉手，还不是父亲自作主张，防止他跑快或者跑慢了。

由于老总对杨洋有好感，没有出难题给杨洋，杨洋也就不紧张了，对老总提的问题回答得头头是道，让老总万分高兴，当场就说录取了他，让他明天就到公司报到上班。

第二天早上，杨洋一早就起了床。父亲问他说："今天怎么起这么早？"杨洋说："爸，我要陪你跑步……"父亲吃惊地看着他说："你不是要去上班的吗？还跑步？"杨洋点头说："上班呀，但也要跑步。以后每天早上我都会陪着你跑步，而且我还要拉着你的手跑。"说着，杨洋幸福地笑起来。

不想长大的儿子

　　儿子在屋里写着作业，听见咳嗽声，便赶紧跑出了门。儿子知道是父亲回来了，出门一看，果然是父亲回来了。儿子上前欢快地叫着"爸爸，爸爸"。父亲笑了，父亲摸摸儿子的头，然后拉着儿子的手往屋里走。父亲一步一咳嗽，儿子一直看着父亲直眨眼睛。

　　进了屋，儿子说，爸，你坐下，我给你捶背！父亲说，好，捶吧！父亲就坐了下来，儿子就使劲地捶父亲的背。儿子不捶还好，儿子一捶背，父亲就咳嗽得更厉害了。儿子原本是想给父亲捶捶背，父亲就不咳嗽了，现在咳嗽得更厉害，儿子就不敢再捶了。儿子站在一边看着父亲。父亲整个身子因咳嗽都抖动起来，随时都有可能从椅子上跌落下来，好像父亲还要将自己的五脏六腑都咳出来似的。儿子睁大眼睛，他真替父亲担心。

　　这些日子，父亲一天比一天咳嗽得厉害，而且，父亲的背，一天比一天更驼。儿子担心父亲成为驼背。就是现在，儿子的同学们都说他父亲是个驼背。这些日子，儿子每天都给父亲捶背，他希望父亲不再咳嗽，不再驼背。可是似乎没有一点效果，真的没有一点效果。

　　父亲咳嗽了好一阵子，总算安静了下来。但父亲吐出来的一口痰，却让儿子吓了一跳，因为那口痰里，有红红的血丝。儿子说，爸，你是不是有病？要不去看看医生？父亲摇摇头说，没事，没事，我真的没事！父亲站起来，笨拙地跳了几下，又说，你看我多精神，哪有病呀？有病我能蹦能跳吗？是不是？儿子想想也是，但儿子看到父亲驼着的背，他说，爸，你不去挖煤了，好吗？父亲说，怎么能行呢？不挖煤，你吃什么穿什么，你怎么有钱读书？那样的话，你永远都长不大！儿子说，爸，我不想长大！

父亲吃了一惊，父亲瞪着儿子说，你说啥？你说你不想长大？儿子点点头说，是的，我不想长大！我真的不想长大！父亲心里很不是滋味，他在煤矿里拼死拼活地干，就是为了挣钱养儿子，让他快快长大，将来好减轻他的负担，让他永远地走出煤矿，让他享享儿子的福。儿子居然不想长大，儿子是想让他养他一辈子吗？父亲觉得这些日子自己太大方了，把所有的钱都交给儿子的母亲，让母亲满足儿子的一切需求，让儿子吃好的，穿好的，不受一点委屈。父亲看了看儿子，终于生气了，他说，你不想长大，那你是要我为你当一辈子牛马？儿子赶紧摇头说，不是的，不是的！爸爸，我想我长大的话，就要吃更多的东西，就要花更多的钱，那样你就会更辛苦。而且，我长大，你就会变老，那样，你就会咳得更厉害，背就会更驼，我不想你成为那样子。我还听说豆豆长大后，他的爸爸就……就死了。爸爸，我好怕，我不想你离开我们……儿子突然流泪了。

　　父亲一愣，赶紧抱住了儿子，父亲的眼泪不由得流了出来。儿子不想长大，只因为儿子不想让他更辛苦，不想让他更老，更不想让他离开他。父亲今年40岁，而儿子才8岁，再过10年，父亲就50岁了，那时候，他真的肯定很老很老了，因为现在的他，看上去就像是一个60岁的老头，而那时候的他，会老成什么样子，无法想象。父亲用手摸着儿子的头说，好，你不长大，不长大，永远当爸爸的乖孩子！父亲的眼泪再一次流了下来，他觉得，儿子突然之间已经长大了。

儿子的情书

这天，男人在回家的路上，遇到了杭杭的老师。男人跟老师打了招呼。老师见到男人就笑了，说，遇到你就好，我正有事要找你呢！男人说，什么事？老师说，你家杭杭最近学习有点不认真，同学们都说他还看什么《情书写作技巧》，并且还偷偷写情书呢！这事，你得好好问问他，得好好管管他！男人吃了一惊，说，怪不得最近他在家里也有些反常，做事也总是偷偷摸摸的，写作业也总是到房里关上门来写，原来是在搞这些名堂！你要不说，我还不知道有这样的事。这孩子，才10岁就这样，唉！男人长长地叹起气来。

跟老师分别，男人快步向家走去。男人回家要好好教训一顿杭杭。唉，都怪自己没有找上老婆，要是家里有个女人，好好管管杭杭，杭杭肯定就不会弄成今天这个样子。男人的女人在两年前因病死了，这两年来，男人见了不少女人，都因为对方不肯接受杭杭而放弃了。杭杭是男人的亲生骨肉，女人临终的时候让男人好好抚养杭杭，说杭杭是个好孩子、是个聪明的孩子，将来有出息。男人答应过女人的，男人不能放弃。可是，这个好孩子、聪明的孩子，如今却把心思放在了女孩子身上，男人当然不允许杭杭这样，男人一定要阻止杭杭早恋。

男人回到家里，杭杭还没有回来。男人就生气了，这孩子，还没回来，别是跟人家女孩子跑去鬼混了！

男人在家里气呼呼地等了一会儿，杭杭就回来了。杭杭一进门，男人就走过去，气势汹汹地说，把书包给我！杭杭看了看男人，没有给书包，说，爸爸，你怎么了？男人大声叫起来，杭杭，把书包给我！杭杭还是没有把书包给男人，杭杭说，为什么要给你书包？男人说，不肯给我书包，是不敢给吧？书包里肯定有见不得人的东西！男人想，说不定还有人家女孩子给他的情书呢！男人上前一步，一把抓住书包，夺了过来。杭杭叫起来，把书包还给我，还给我！杭杭要抢书包，男人把书包举得高高的。杭杭抢不到，杭杭不是男人的对手。

男人拉开拉链，一把翻出了书包里面的东西，掉出来一本厚厚的书，赫然就是《情书写作技巧》。男人的脸色一下子就变得惨白，老师说的是真的，这孩子真是在搞这些名堂。男人气极了，一把抓住《情书写作技巧》问杭杭，这是你买的书？你问我要钱就是拿去买这种东西？杭杭没有说话，跳起来伸手夺《情书写作技巧》。男人说，你才10岁，就想着写情书讨女孩子喜欢，将来长大了，还不得当花花公子！为了你，我放弃了那么多女人，没想到你却玩这些东西！男人说着就要撕《情书写作技巧》，男人太气了。杭杭急得要哭了，他一边夺书，一边说，你不能撕，不能撕！男人没想到杭杭会为这样的一本书如此的着迷，他非常地气愤，翻开书，用力一扯，"哗"的一声，一本崭新的《情书写作技巧》就一分为二了。杭杭一下子傻眼了。

就在这时，从书页里滑出来一张纸。男人赶紧拿来看，杭杭又跳着来抢。男人想这不是杭杭给人家女孩子的情书，就是女孩子给杭杭的情书了。男人当然不会让杭杭抢去，男人左躲右闪，但最终还是让杭杭抓住了纸，一扯，"哗"的一声，一分为二。男人赶紧拿着手中的下一半纸跑进了卧室。

男人把门关紧，任凭杭杭在外面敲门。男人松了一口气，总算还有半张纸。只要弄清楚了那个女孩子是谁，事情就好办得多。男人拿起纸来看，上面写着：

虽然我不是很有钱，但我会用我一生的爱来回报你。虽然杭杭心里只有他的妈妈，但我相信他会接受你的。杭杭是个好孩子，只要你对他好，他就会对你好。杭杭需要一个妈妈，而我需要一个妻子，我希望你能接受我们父子俩，我们会用尽自己的全力让你幸福……

男人草草地看了情书，他就已经明白了一些事情了。男人听见杭杭在外面哭，男人赶紧开了门，出去一把将杭杭抱起来，说，杭杭，别哭了，别哭了！爸爸对不起你……杭杭抬起头，看着男人，轻轻地叫了一声，"爸爸！"接着就又哭了起来。男人的眼里滚出了泪水，男人说，杭杭，谢谢你！谢谢你为我做了那么多，爸爸误会你了！

　　杭杭擦了擦眼泪，说，爸爸，我不怪你，我知道，你以为我早恋了，你所做的一切，都是为了我好。我还知道，你为了我，放弃了一个又一个女人。现在跟你交往的梅阿姨，是个很好的女人，我不想让你再失去她，所以我就以你的名义给她写情书，希望她能接受你，接受我，跟我们一起生活。男人笑了，说，梅阿姨已经答应接受我们了，她就是因为收到了两封情书答应我的。我就奇怪，我从没给她写过情书，原来是你小子在背后捣鬼！男人说着就抱起了杭杭。杭杭欢喜地笑了起来，说，原本我是不想让你知道这些的，所以一切都瞒着你！

　　然后，男人说，杭杭，走，今晚我们请梅阿姨吃饭！好吗？杭杭拍手叫起来，好啊，好啊！男人请梅阿姨吃饭的目的是要告诉她杭杭写情书的事。梅阿姨虽然答应接受男人和杭杭，但她的心里还是因为杭杭有些顾虑，男人想如果她知道了这事，她心里肯定会想得开，肯定会愉快地接受杭杭。男人的脸上满是笑，他的妻子说得没错，杭杭是个好孩子、聪明的孩子。如果不是杭杭的两封情书，梅是不会接受他的。

地震中的母子

　　这天晚上，一个同事对正在看书的他说，你还有心思看书？你的家乡发生地震了！他吃了一惊，说，你说什么呀？同事说，你看电视吧！他就放下书看电视，不由大吃一惊，自己的家乡汶川真的发生了地震，而且还是 8 级的大地震。他赶紧掏出手机打家里的电话，可是没有接通。他着急了，家里就只有母亲一个人，地震来了，房屋倒了那么多，自己家的房子不是很坚固，难道母亲是出事了吗？

　　他心急如焚，等了几分钟，又打电话，可他依然没有打通。他一边看电视，一边胡思乱想，手里还拿着手机不停地按呀按。可是，他一直都没能打通家里的电话。同事见他老是按手机，说别按了，没用的，这么大的地震，通讯都中断了！可是，他却固执地一直按，一直按，哪怕把手机按坏，只要能打通，只要能听到母亲的声音，就值得他做这一切。

　　这一夜，他没有睡，他睡不着，他一直躺在床上不停地按手机，那个熟悉的号码，以前一按就通的号码，如今却凝固了似的不给他任何回应。他一直按手机按到天明，也没能按通。他无精打采，爬起床去请了假，他说他要回家去看看。

　　他坐的是飞机，这是他平生第一次坐飞机。在重庆机场下了飞机，他又坐车到了成都，然后又坐车向前出发。一路上，他不停地按家里的号码，他希望哪一刻电话能突然打通，能突然听到母亲的声音，那样他就可以放心了。可是现实却一直让他失望，让他失望，他的心一点点地往下沉，往下沉。他恨不得长出一对翅膀，一下子就飞到家里，见到母亲。

　　他坐的车到半路就停了下来，因为前去的车都是救护车、物资车，而且已经排起了长龙，前面的路让垮塌的石头堵住了。他下了车，他决定步行回家。有人知道他是去灾区，便劝他不要去，说余震不断，前路危险。但他没听，他心里想着的只是母亲。人们极力阻拦他前行，但他最终还是偷偷地跑了。他必须，必须回去，因为家里有母亲！

他一个人踏上了回家的路。他抄近路回家，翻山越岭，他的鞋子破了，衣服也摔破了，他紧紧地保护着自己的手机，并且不时地按一下家里的电话，当然，无论他多想打通电话听到母亲的声音，但他就是没有得到任何的回应。

每一次余震都让他心惊肉跳，他不怕死，怕的是母亲出事。他一步也没敢停留，哪怕身体再疲惫，他也舍不得停下来稍作休息。他担心母亲被倒塌下来的房屋埋住了，如果他早一分钟赶到家，母亲就早一分钟脱离危险。时间就是生命，现在就是拿他的命换母亲的命，他也在所不惜。

他也希望他的手机有回应，希望母亲没事，能给他一个电话。他想没事的母亲肯定也很着急，肯定也很想给他一个电话让他安心。现在，他最重要的就是赶回家，去看看情况到底怎么样了。他在心里对自己说，妈，您可千万不要出事呀，我回来看您了，看您了，以后，我们再也不分开了！

两天过去了，伤痕累累的他拖着满身的疲惫终于看到了家，房子还在那儿立着，他的脸上露出一丝笑来。

这时，他支持不住了，倒了下去，但他仅仅只停留了一分钟，就振作精神，慢慢地向前移去。在他的身后，留下一路盛开的花朵。

十几分钟后，他终于爬到了家门口。他叫起来，妈……妈……从屋里走出一位老人，正是他的母亲。母亲看到地上的他，扑过来叫道，儿子，你回来啦！母亲显得异常惊喜，也许她太想儿子了，突然见到儿子，怎能不让她惊喜？母亲把他扶起来，扶进了屋子。看到他一身的伤痕和血迹，母亲心里一阵疼痛。

他说，妈，屋子都裂缝了，您怎么还待在家里呀？余震不断，随时都有倒塌的可能！母亲说，我知道。可是我不能离开这里。我想你知道发生地震了就会给家里打电话，如果我离开了，万一打通了电话没有人接，你肯定会着急的。我想一直打不通电话，你肯定就会跑回来看我，要是我走了，你回来见不到我，怕你急呀！他一下子抱紧了母亲，说，妈，您就不怕死吗？母亲说，我不怕死，我怕的是再也见不到你了！他和母亲紧紧地抱成一团，两人泪流满面。

最后一口水

一直不见下雨，母亲看着土地一点点皱裂，看着井里的水一点点变少，她心急如焚。可是，不管母亲如何着急，就是不见下雨。老天爷似乎专门与人作对，大地上的裂缝一天比一天宽，井里的水也终于被抽干。

那天早上，母亲坐在大门口发呆。没水了，到处都没水了，就连村里的池塘都干了。这没水的日子怎么过啊？母亲叹息着。

这时，两个孩子跑过来，冲母亲叫着："妈妈，我要喝水！我要喝水！"母亲左手拉着姐姐，右手拉着妹妹，把她们姐妹俩拉到她的大腿上坐下，说："家里也没水了！"

姐姐说："妈妈，真的没水了吗？"母亲说："真的没水了！"妹妹说："妈妈，可是昨天晚上我看到了水……"母亲说："只有最后一口水了！"

母亲让两个孩子站起来，然后她起身进屋端出一个碗。碗底，只有一口水，这是最后一口水。母亲说："就剩这点水了！"两个孩子睁大眼睛，她们显得有些紧张，只有这最后一口水了，这天总不下雨，往后怎么办啊？

母亲再次进了屋，出来的时候，她的手紧握着，从指缝里，伸出两节一样长的稻草。母亲说："我手里有两节稻草，它们一长一短，你们都来抽吧。抽到长的就喝这口水！"她说着将紧握的手伸到两个孩子面前。两节稻草，是快乐，也是痛苦。

姐姐瞅瞅妹妹，妹妹瞅瞅姐姐。姐姐瞅瞅稻草，妹妹瞅瞅稻草。姐姐说："你先抽！"妹妹说："你先抽！"姐姐终于不再客气，她闭上眼睛，迅速地从母亲的手里抽出一节稻草，然后转过身去。显然，她很担心自己抽到短的稻草，那样，这最后一口水，她就喝不上了。喝不上这口水，不知道要什么时候才能喝上干净的水！

妹妹在姐姐转身的同时，迅速地从母亲手里抽出了剩下的那节稻草，然后她也转过身去。显然，她也很担心自己抽到短的稻草，那样，这最后一口水，她就喝不上了。喝不上这口水，不知道要什么时候才能喝上干净的水！

两个孩子都背对着母亲，迟迟不肯拿自己的稻草出来对比。母亲无奈地叹息，说："都拿出来吧！"

缓缓地，姐姐和妹妹都转过身子面向母亲，姐姐瞅瞅妹妹，妹妹瞅瞅姐姐，然后，两人将自己的稻草放到了一起。这一比，姐姐的稻草长，妹妹的稻草短，显然，这最后一口水，是属于姐姐的了。可是，姐姐并没有胜利的快乐，她睁大眼睛，显得无比失望，似乎她不敢相信这个结局。而没有赢得这最后一口水的妹妹，并没有一点悲伤，她反而露出胜利的微笑。

最吃惊的人，还是她们的母亲。母亲清楚地知道，两节稻草在她手里的时候，其实是一样长。因为，她实在舍不得让哪个孩子输。虽然现在它们一长一短，但是她发现，两节稻草，都比在她手里的时候短了一截。显然，两个孩子在转身后都将自己抽来的稻草掐掉了一截。她们这么做，只是想把这最后一口水让给对方喝。

母亲把碗递到姐姐面前，她说："喝吧！"姐姐接过碗，看看妹妹，她将碗递到妹妹面前，说："你喝吧！"妹妹说："你赢了，该你喝！"姐姐说："我赢了，我高兴，现在我发现我不渴了，给你喝，你就喝吧！"妹妹终于接过了碗。可是，她并没有喝水，而是将碗递到母亲面前，说："妈妈，其实，我不渴，你是大人，你肯定渴了，你喝吧！"

母亲看看孩子，终于接过了碗，她也没有喝这最后一口水。她端着碗走进屋里，一边抹眼泪，一边将碗放在桌子上，然后，她用一个盖子将碗给盖住。

这最后一口水，母亲已经是第二次将它放回桌子上了。

画像的母子

　　我跟着美术学院的同学学了几天画像，自以为很不了起，想一试身手，于是就在周末到大街上摆了个摊儿。不敢要价太高，怕高了没人愿意画像，就10元一幅。因为便宜，一摆好桌子，就有人上前来画像。我把功夫全都用上了，画像的人十分满意，因此一连画了好几幅画像。

　　这时，来了一个女人，她上前问我："兄弟，画一幅画像多少钱？"我说："不贵，只要10元！"女人很吃惊地说："才10元呀，这么便宜！"我说："是便宜，你也来一幅吧？"女人说："我是要画一幅画像，只是价钱太便宜了，等会儿你能不能说画像要100元，而且分文不少？"我看了看女人，她穿着普通，并不像是有钱人。别人巴不得越便宜越好，她倒好，希望贵些。我盯着女人，不知她脑子是不是有问题。女人说："画一幅画像要多长时间？"我说："几分钟就可以了，当然也可以画十几分钟！"女人说："等会儿，你给我画快点，越快越好，好吗？"我点了点头。别的顾客都要求我画慢点，那样可以画好一些，她倒好，居然要我画快点。再赶时间，也不用急那么几分钟吧？这女人，脑子怕是真的有问题。女人又说："等会儿，你把我画得丑一些，画得不那么像，好吗？"我盯着女人，这女人的脑子真的是有问题，哪一个来画像的人不希望把自己画得美一些，像样一些？我终于不耐烦地向女人摆手："去去去！"女人说："我不会怪你画得不好，请你帮帮我，好吗？"我说："好好好！"女人说："谢谢！"女人然后欢喜地走开了。

　　不久，女人又来了，她还带着一个小男孩。我一看，就知道小男孩是女人的儿子。他们来到了我的摊前，女人向我使了使眼色，然后问我："兄弟，画一幅画像多少钱？"我说："100元！"女人问："能不能便宜点？"我说："不能！"女人说："那请你给我画一幅画像！"然后，女人就站在我面前，准备好姿势。我看了看女人，拿着笔，"哗哗哗"地在纸上画着。因为女人要求我把她画丑些，不要那么像，所以，我画起来很轻松。男孩在一边看我画像，目不转睛，充满兴趣。我问他："你喜欢画画？"男孩说："喜欢！只是我画不好，要不然的话，我就可以为我妈画像了！"

几分钟后，我就将女人的画像画好了。看了看，我感到惭愧，画得实在不像样。女人接过画像看了看，挺满意，然后她掏出一张百元大钞给我。女人向我道了谢，带着男孩走了。而我，心里却充满了疑问，这女人到底什么意思呀，这么丑的画像她还这么满意？

没多久，女人又回来了。我知道，女人回来是让我找 90 元钱给她，因为画像只需要 10 元。我忍不住问女人："大姐，你对那幅画像好像很满意？"女人笑着说："是呀！"我说："你花了钱，可是画像画得并不好，你怎么就满意呢？"女人说："孩子喜欢画画，想当画家，可是他画了一段时间就没有信心了，我找你画像，让你收费高些；画得快些；画得丑些，是想让他知道，画像的师傅水平并不怎么好，却能在短短的几分钟里就挣到 100 元，要是他坚持学习，好好画，将来会比画像师傅画得更好，就能挣更多的钱！"我恍然大悟，我记得男孩对我说过他喜欢画画。女人又说："我知道让他画画想着为了钱，是有些不对，可是，我想，假如艺术不值钱的话，那就太不值了。那样，也许孩子会瞧不起艺术！"我点头，我理解女人的心情。我把女人刚才给我的百元大钞翻出来递过去，女人说："你只找 90 给我！"我说："刚才我画得不好，不要钱！"女人这才接过了钱，说："谢谢，谢谢！"

下午，男孩来到了我的摊前，他的手里拿着女人的画像。我知道他喜欢画画，便问他说："你是想学画画？"男孩摇头，他说："你重新给我妈画一幅画像！"我说："上午不是已经画了吗？"男孩说："那幅画像不好，不像我妈，我要你重画一幅。我有钱！"他说着就从衣袋里掏出一叠钱来。男孩然后把上午的那幅画像展开，又说："不能再画这么丑！我不想我妈这么丑！"我笑了笑，反正也没事，于是就又画了一幅画像。当然，这一次，我是认真画的，所以画得好得多。

画完后，我问男孩："可以吗？"男孩笑着说："这才像我妈，她就是这么美！"男孩掏钱给我，我说："上午画得不好，收过钱了，这钱就不收了!"男孩没再坚持,就把钱收了起来,说:"上午你画得不好,你肯定是没认真画。画那么丑还要 100 元,我瞧不起你!"我笑了笑,说:"对不起,上午我是没认真。现在,你把上午的画像给我,我要毁了它!"男孩却把上午的那幅画像往后移了移,说:"不能毁,不能毁,这画像再不好,可上面的人也是我妈呀!"我再次笑了笑。男孩说:"以后,我要好好学画画,将来我一定比你画得好,那样,我就可以给我妈画像了。我还可以给别人画像,挣好多好多钱养我妈!"

　　男孩抱着画像走了。我看着他一点点地消失在眼前。可是在我的心里,他却永不消失。我想也许将来的某一天,男孩真的比我画得好,真的能画出她的母亲,真的能挣好多好多的钱。我想会有这一天的,因为他是那样地爱他的母亲,他会为了自己的梦想而加倍努力。更何况,他的母亲,为了他也是那样地努力。

母亲的秘方

　　女人非常不幸，两年前，她的男人患病去世，可是现在，与她相依为命的儿子也患上了重病。女人带着儿子东奔西跑，看了无数的医生和专家，可他们都束手无策，都摇头叹息。这让女人害怕，她怕她唯一的儿子死去。如果儿子真的死了，那么，她一个人怎么活？

　　儿子太年轻，女人当然不能让儿子死。女人把儿子带回家，然后她四处为儿子找偏方，试了很多偏方，别人都说有用，可是儿子用了偏方却没一点效果。儿子的身体一天比一天瘦弱，精神一天不如一天。女人急，急得成天东奔西走，她每遇到一个人都问别人有没有什么好药方。尽管女人要来了很多药方，可是那些药方对儿子一点作用都没有。而天天喝药的儿子，对药特别厌恶，一碗药，要喝上好几分钟。

　　儿子看到女人也一天比一天瘦弱，他就劝女人放弃，他说他没救的，那么多的医生和专家都无能为力，那些民间的药方，又能有什么用呢？女人想了想也是。可是，女人怎么能不救自己的儿子呢？

　　女人去求菩萨，求菩萨保佑她的儿子，求菩萨把儿子的病转移到她的身上，她愿意代替儿子去死。

　　当然，这毫无用处。当然，女人不甘心放弃。如果儿子真的死了，她活着还有什么意思？

　　女人每天都向人打听各种药方，女人相信这个世界上有能治愈儿子的药方，只要她不停地打听，不断地寻找，总会找到的。可糟糕的是，儿子的身体一天不如一天，儿子的病等不得，如果不尽快找到有效的药方，那么，儿子只有死。

　　这天，女人带回来一个男孩。儿子看到，男孩跟他差不多的年龄，男孩长得熊腰虎背，精神抖擞，目光炯炯有神。儿子十分羡慕男孩强壮的身体。

女人告诉儿子说男孩以前也患上了同样的病，可是后来他却好了，她打听到男孩，就把他带了来。女人还告诉儿子说，你看他现在长得多强壮。儿子盯着男孩，他怎么也看不出男孩跟他患过同样的病，男孩是那样地强壮，而自己却是那样地瘦弱，似乎随时都可能死去。

男孩笑着对儿子说："我有秘方，给你妈了，让她照方子给你煎药，你很快就会好起来的！"儿子两眼放光，原来男孩有秘方，这可就太好了，儿子激动地说："谢谢你！"儿子握着男孩的手，感动得掉下眼泪。

此后的每天，女人都会照男孩给的秘方煎药给儿子喝。儿子早上喝一碗药，中午喝一碗药，晚上再喝一碗药。可是儿子发现，女人端给他的药，却并不苦，似乎还很好喝。一大碗药，儿子两口就能喝光。

儿子忍不住问女人："这是什么药呢？怎么这么好喝？"女人笑笑："不告诉你！"儿子笑着说："能给我看看秘方吗？"女人摇摇头说："不行，不行！"儿子只好作罢。他想，也许秘方上有什么药是不能让他知道的，也许他知道了不会再喝药。可是，就算秘方上有些药很可怕，他知道了也不会不喝，只要能治好他的病，什么样的药他都敢喝。

每天，儿子都会喝三大碗药。男孩的秘方真的很神奇，自从儿子喝了这药后，他的身体一天比一天强，精神一天比一天好。似乎，儿子的病也在一天天减轻。

这个好的迹象，儿子高兴，女人也高兴。他们想，这个秘方真的太神了。

尽管儿子恢复得很慢，可是 3 个月以后，他能下床行走了，能吃下两大碗米饭。这时，他的身体更强，精神更好。也许，他的病已经好了，只需要一段时间，他的身体就能彻底恢复。

这天，儿子出门上街，他遇到了那个献出秘方的男孩，他热情地跟男孩打着招呼："嗨，你好！"男孩看看他，说："你是谁呀？"儿子笑着说："你不认识我啦？我跟你一样患上了同样的病，3 个月前，你把你的秘方献了出来，你看，现在我都好了！"

男孩笑了，说："哦，原来是你啊！你真的好了？"儿子用手拍拍身体，笑着说："你看，都好了！真是太感谢你了！"说着，儿子伸手双手握住男孩的手，使劲地摇晃着。

男孩说："其实，我没有病，更没有秘方……"儿子盯着男孩："怎么没有秘方？你不是给我妈秘方，我吃了方子上的药才好的吗?"

男孩笑笑，然后把事情的真相告诉了儿子。原来，女人见儿子的身体一天比一天瘦弱，精神一天不如一天，她知道儿子绝望了，她实在怕儿子有一天离她而去。儿子太年轻，她不想让儿子过早离开。于是她就找了强壮的男孩去见他，告诉他说男孩也得过同样的病，可是男孩却好了，还长得这么强壮，并且男孩还有秘方。这样一来，他就会看到希望，就能振作起来。也许，有了希望就能挺住，就能等到治好的那一天。

儿子听了一怔，他说："可是我妈明明每天都让我喝药啊，而且，那药特别好喝，我喝了确实有效果！"男孩说："她曾告诉我说你的身体实在太差，需要补充营养，也许，她给你喝的是营养品！"

儿子想了想，自己喝的好像就是营养品。可是，那些营养品却救了他。原来母亲为他虚构了一个病人，并虚构了一种秘方，从而让他看到希望，让他振作起来。因为没有秘方，所以母亲不敢拿给他看。可是现在，他觉得，母亲的确有一种秘方，那就是她那充满智慧的爱。

 # 身后的爱

刘丽的父亲因病去世，她和母亲相依为命。每天，刘丽上学，母亲到街上摆水果摊。日子虽然过得艰难，但是刘丽和母亲依然微笑着面对生活。她们都明白，只要对生活微笑，生活就不会亏待她们。

可是，事与愿违，灾难突如其来，刘丽的眼睛在一夜之间失明。那个清晨，刘丽的尖叫吓坏了母亲。母亲跑进刘丽的卧室，得知刘丽失明了，吓得紧紧地抱住刘丽，泪流满面。那天，刘丽和母亲哭了很久很久。她们哭到声嘶力竭，欲哭无泪。

后来，母亲带刘丽去医院，然而，医生束手无策。医生的叹息，让母亲失望，更让刘丽失望。母亲扶着刘丽，一步一步离开医院。回到家里，她们躺在床上，半天都没说一句话。

后来，母亲告诉刘丽她会找最好的医生，她说她的眼睛会治好的。母亲怕刘丽想不开，整天都陪在她身边。刘丽的确想不开，一夜失明，完全改变了她的命运。失明的人生，将是怎样的黯淡啊！这事发生在谁身上，都不能接受，更何况刘丽还是一个花季少女！

以后的许多天里，母亲都陪在刘丽身边，母亲一个劲儿地安慰刘丽，她说现在医学发达，一定有救的，希望她不要失望，不要自暴自弃。只要坚信明天会好起来，就一定会有奇迹发生。母亲的安慰，让刘丽不忍离开母亲。她知道，母亲只有她了，要是她不在了，母亲肯定会痛不欲生。她是母亲的希望，是母亲的未来。刘丽让母亲不要担心她，她说她是坚强的，能面对一切打击，哪怕就是永远都看不见，也不会放弃自己。活着，比什么都好！刘丽表现出来的乐观，让母亲含泪微笑。

刘丽的确面对了一切打击，后来母亲又带她找过不少医生，都无能为力。尽管刘丽和母亲都万分痛苦，可是她们还是面对现实，将每一天的生活都过得尽可能充实些。

每天，母亲到街边摆摊卖水果，刘丽就陪在母亲身边。母亲有空的时候，就拿一本故事书，一个字一个字地念给刘丽听。因为那些故事，刘丽忘记了失明的痛苦。

有一天，刘丽听到一个故事，说一个残疾人自强不息，不但养活了自己，还养着家人。刘丽听了后想，母亲现在太辛苦了，自己为什么不能干点事情，减轻母亲的负担呢？

刘丽有了这个想法后，她就琢磨干点什么。可是，她什么都看不见，还能干什么呢？帮母亲卖水果吗？肯定不行的！去商场超市，人家肯定不会接受自己！突然，刘丽笑了，她想就擦皮鞋吧！虽说自己看不见，但是手能摸索啊！

刘丽把擦鞋的想法对母亲说了，母亲一愣，沉默了一会儿，便答应了她的要求。这天，刘丽先拿自己的鞋子练习。开始的时候，刘丽擦得很慢不说，还老是擦歪，慢慢地，她就能擦得好了，母亲在一边看了都忍不住夸奖了她两句。开心的刘丽，后来又擦母亲的鞋子。母亲非常满意，刘丽自己也非常满意。

第二天，刘丽在母亲的水果摊旁边摆了擦鞋摊。开始的时候，刘丽还担心自己是个盲人，人们嫌弃她，担心她擦不好皮鞋，不找她擦鞋。没想到的是，找她擦鞋的人还特别多。

这天，刘丽忙一天，擦了几十双皮鞋，挣了几十块钱，比母亲卖水果挣的钱还多，可把她和母亲乐坏了。

以后的日子里，刘丽每天都能擦上几十双皮鞋，挣到几十块钱。想着自己减轻了母亲的负担，刘丽特别开心。

这天，母亲因为有事，离开了水果摊。这时，一个男人在刘丽面前的椅子上坐了下来，告诉刘丽说擦皮鞋。刘丽麻利地为男人擦着皮鞋。男人突然问刘丽："姑娘，你的母亲呢？她怎么不在？"刘丽说："她有事离开一会儿。你为什么突然问这个问题？"男人说："因为你身后有一块牌子……"刘丽赶紧问道："什么牌子？"男人说："一块木牌，上面写着：我女儿的眼睛失明了，她想擦皮鞋挣钱，减轻我的负担，请您接受她的服务吧！我知道，她擦的皮鞋不是很干净，您别生气，请您走几步，我再为您擦一次！要是您还不满意，我把钱退给您！"

刘丽听了男人这话，她的眼睛一下子就湿润了，她终于明白她的生意为什么这么好了，因为在她的身后，有善良的人们，还有深爱着她的母亲。

 # 儿子没来

　　一家公司为了提高在本城的知名度，准备在广场搞一次歌唱比赛，优秀的歌手，公司将给予奖励。报名不收费，一时之间，来报名参赛的人络绎不绝，大家都想登台一展歌喉。

　　来报名的人，工作人员都会让他们唱几句试试，太差的人，当然不会要。很快，合格的人选就已经有39名了。公司规定只要40名。这时，一个老人挤了进来，老人冲工作人员说："我要报名，我要报名！"工作人员看了看老人说："老人家，你不合适！"来报名参加歌唱的人，都是二三十岁的年轻人，老人看上去已经50多岁了，当然不合适。老人却说："我合适，我年轻的时候，歌唱得很好！"见工作人员不信，老人说："现在，我唱给你们听听！"说完，老人就唱了起来。

　　老人的声音如同撕破布，老人只唱了两句，都笑了起来，所有的人都觉得老人唱得太差劲了，都难以相信老人年轻的时候歌唱得好。但是3名工作人员商量后还是同意了老人参赛，他们觉得让老人上台说不定能增添一点意外的效果。

　　第二天上午，广场上人山人海，大家都来看这场歌唱比赛。歌手们一个个按照排好的秩序上台歌唱，人人都拿出自己最拿手的歌，大家听了直鼓掌。很快，就要轮到老人上台了。工作人员想叮嘱老人几句，却不见人。大家一找，原来老人跑到前面去了。有人把老人拉了回来，工作人员对老人说："老人家，你马上就要上台了，你准备好了吗？"老人说："你们让我最后才唱吧！"工作人员说："为什么？你没准备好？"老人说："我儿子还没来，我得等他来了才唱！"工作人员看了看老人，一商量，便把老人排到了最后一名，让老人最后上台。

　　老人见此非常高兴，赶紧跑开了。老人过一会儿又回来，回来一会

儿又跑开了。每次老人回来，都会对工作人员说："我儿子还没来，他这是怎么了？说好来听我唱歌的！"老人十分的焦急。

两个小时过后，就只剩下两名歌手了。工作人员对老人说："你别跑了，准备好要上台唱歌了！"老人说："我儿子没来，肯定是他有什么事耽误了，我不唱了，行吗？"工作人员生气了，说："你说不唱就不唱？"老人说："我其实唱得不好听，是我儿子再三让我来唱的。我来唱，就是为了唱给他听听。他没来，我还唱什么呀？他没来，我就是唱，也唱不好！"工作人员这才明白老人是为了儿子才来参加这场歌唱比赛的，几个工作人员商量过后，对老人说："好，那你就别唱了！"

老人听了，一个劲地向工作人员表示感谢，一个劲地说给他们添麻烦了。然后，老人说："能把你们的奖品卖一份给我吗？"工作人员好奇地盯着老人说："你想干什么？"老人说："我不想让我儿子失望，买一份奖品，我告诉他说是我唱歌得来的！"工作人员说："你等等！"工作人员然后给负责人打了个电话，笑着对老人说："你今天好运气！"工作人员拿了一份公司的产品交给老人说："不收你的钱，公司送给你！"老人千恩万谢，然后高高兴兴地拿着礼物走开了。

这时候，唱歌比赛已经结束了，人们像汹涌的潮水一样退去。老人突然看到了儿子，老人走过去说："儿呀，你来啦！"儿子说："妈，对不起，我有事耽误了！"儿子看到老人手中的礼物说："妈，你得奖了？"老人笑着说："是呀，妈唱得不好听，只得了个三等奖！"儿子笑着说："妈，你跟年轻人比，能得个三等奖，已经很不错了！"工作人员来了，说："是呀，老太太能得个三等奖，真的很不错了！"

老人突然想起自己掉了东西在台后，便赶紧去找。工作人员见此便对儿子说："你怎么才来？你妈可是为了你才参加比赛的！"儿子说："其实，我早就来了。当我发现那些年轻人一个比一个唱得好的时候，我就着急了，我想要是我妈上台唱歌，那肯定丢死人了，于是，我就走开了。我知道，只要我妈没有看到我，她就不会上台唱歌。她一把年纪了，我不能让她上台丢面子！"工作人员笑了，说："我错怪你了，你是好样的！"儿子又说："我真后悔怂恿她来参加这次比赛，谢谢你们没有让她上台唱歌，谢谢你们给了她一份奖品，给了她一份幸福！"

抢劫我吧

这天一早，一个老人从银行出去，一边走一边数钱，一个在银行门外的年轻人见了，一把抓过老人手里的钱，撒腿就跑。老人连忙跟着年轻人追。银行的保安吓了一跳，这年轻人也太凶了，光天化日之下竟然在银行门口抢劫。这已经不是第一次在这里发生抢劫了。前几天，也有一个年轻人在这里被抢了。

几天过去了。这天一早，保安刚喝了杯水，一转身，就看到了几天前被抢的那个老人，保安赶紧过去问老人："老人家，你被抢的钱找回来了吗？"老人笑着说："找回来了！"保安说："那就好！那就好！太凶了，你小心点！记着，以后千万不要边走边数钱，你一个老人，那样就太危险了！"老人说："我知道，谢谢你！"

然后，老人去取了钱，出了银行。谁知，这老人又是边走边数钱，就在银行门外，老人又被人抢了。抢钱的人，又是一个年轻人。保安发现这次抢劫的年轻人跟上次那个年轻人很相似。保安想跟老人说什么，但老人却追着年轻人跑了。保安叹口气，说："这次，还能追回来吗？"保安替老人担心着。

又几天过去了。这天一早，保安又看到了两次被抢劫的那个老人。保安赶紧过去问老人："老人家，你上次被抢的钱又找回来了吗？"老人笑着说："找回来了！"保安说："那就好！以后，你千万得记着，千万不能再出银行数钱，要数，就在柜台边数吧！外面数钱危险，你都已经被抢了两次了！"老人说："我知道，谢谢你！"

然后，老人去取了钱，拿在手里，没有数就要走。保安知道老人会数钱，保安想老人习惯了边走边数钱，赶紧把老人拦住了，说："你要数钱，就在这里面数吧！"老人说："我喜欢边走边数……"保安说："这我知道，你就在这里面走着数吧，我不为难你！"老人说："你还是让我出去数吧……"保安说："在这里面数钱，安全，外面什么人都有，你要清楚，你已经被抢了两次了……"老人说："这我知道，你还是让我出去数钱吧，要不可能就会出事了……"保安却不放老人走，说："老人家，我是为了你好，我不忍心你再被人抢劫……"老人却说："你为了我好，就让我走，我就喜欢让人抢劫！"保安一下子呆了，这老人莫不是疯子，隔几天就来取钱，然后再让人抢劫。

就在这时，银行门外有人叫起来："抓住他！抓住他！他抢了我的钱！"老人跺了一下脚，叹息道："唉，真出事了！"老人一把推开保安，赶紧冲出了银行。

抢钱的人被人抓住了，居然就是抢了老人两次钱的那个年轻人。被抢的胖子一把从年轻人手里夺过钱，对年轻人拳打脚踢。旁边围观的人说："打死他，打死他！"老人拼命地挤了进去，挡在了年轻人的面前，对胖子说："求你别打啦！他抢了你多少钱，我给你！"老人说着就从口袋里掏出钱。谁知老人身后的年轻人见了钱，一把夺了，转身就钻出了人群。

胖子对老人说："他抢我的钱，已经拿了回来。你看看你，帮他说话，这不，他连你也抢了。"老人说："真对不起，给你添麻烦了！"这时，警察来了。胖子对警察说了一大通，说："人跑了，不过又抢走了老人的钱！"老人赶紧对警察说："这事，你们就别管了，我是甘愿让他抢的……"警察说："你放心，你的钱，我们一定会为你找回来。你不用怕……"老人说："你们别抓他，抢的钱，我自己能拿回来……""你自己能拿回去？你认识那个抢匪？"警察盯着老人。老人说："认识！"警察说："认识就好，请你告诉我们他家的地址！"老人说："你们不用去找他，那样会吓着他的，他是我儿子！"

老人这话让人大吃一惊。"他是你儿子？你儿子是抢匪？"所有的人都盯着老人。老人说："他不是抢匪，他病了。半个多月前，他从银行取钱出来，边走边数，结果让人给抢了，为此，他就疯了，每天夜里，他总是叫着'钱，钱，钱'。只要看到钱，他就特别兴奋。他总是到银行门口转，我不知道他到底想干什么。于是有一天我就去银行取了钱出来，边走边数，结果他就抢了我。于是我决定让他抢几回我，我想他把被抢的钱弄回来也许就不会再抢了。所以今天又去取钱，由于保安拦住我耽误了时间，结果就出了这事。这事，你们都别管了，抢的钱，他都会拿给我。以后，我还会让他抢劫我，他的病哪一天不好，我哪一天都不会放弃自己的决定。如果他要永远抢劫下去，我就要永远配合他抢劫！我是他的母亲，我不能让他失望！"

所有的人眼里都含着泪水，看着这位老人，无语，大家都觉得老人很辛苦。老人显然读懂了大家的表情，她说："我不苦，真的！这次总算抢劫成功了，下次，下次决不能再出这样的意外了！这次，还不知道他被吓着了没有？请你们让开，我要回去看看他！"人们听话地闪开一条路来。然后，老人跑了起来，她的两条腿跑得飞快，向箭一样往前冲。

 # 爱的手套

冬天来了，天冷了，孩子放学的时候，天空中飘着细雨。孩子缩着脖子，还把双手插进裤袋里，匆匆地往家走。孩子路过一家商场，孩子看到里面有好多人，包括一些学生都在买手套，孩子就决定也买一双手套，那样就不怕冻着手了。

孩子进了商场，孩子像其他孩子一样，细心地挑选着手套。最后，孩子看中了一双棉手套，孩子戴在手上，非常地暖和。于是孩子就买下它了。

然后，孩子戴着手套回家了。路上，孩子想，我要不要告诉母亲我买手套了。告诉了母亲，母亲就可以给他钱。不告诉，母亲肯定不会给他钱。但是告诉了母亲，母亲肯定会心疼花了钱。母亲失业好一段时间了，最近才在一家家政公司上班，工资很低，而自己却花钱去买一双手套，母亲肯定想不过来，这是可有可无的，对于他们来说，是属于奢侈品。

孩子决定先不告诉母亲买了手套，等找个适当的时候再说吧。孩子在开门之前，把手套取下来放进了书包里。

打开门，母亲看到孩子回来，母亲笑了，说，你冷吗？孩子说，不冷，不冷！母亲说，我给你买了一样东西，你猜猜是什么？孩子听母亲说给他买了东西，也笑了，说，肯定是好东西！母亲然后拿出一双棉手套。孩子吃了一惊，说，妈，你给我买的手套？母亲说，天冷了，怕你的手冻着啦！要是冻着了，怎么学习怎么写字？来，戴上试试，看合适不！母亲说着就将手套往孩子手上戴。

孩子没想到母亲会为他买一双手套，太突然了。孩子觉得自己对不起母亲。母亲想着给他买手套，可是自己呢，却只想着自己，只买手套

给自己。孩子知道，自己买的手套，只怕是永远都不能拿出来了，只能拿去退掉。拿出来让母亲知道了，母亲会怎么想？肯定会心疼花了钱，而且还会认为孩子不关心她。

母亲给孩子戴好了手套，高兴地说，还真合适！暖和吧？孩子说，暖和，真暖和！孩子又说，妈，你呢？你有手套吗？母亲说，我不用戴手套！我不怕冷！孩子知道，母亲肯定是为了省钱，舍不得为自己买手套。母亲也是人，母亲怎么会不怕冷呢!？不行，我得给母亲买一双手套。要是母亲的手冻着了，那她怎么干活？父亲死了，家里全靠母亲呢！

第二天，孩子把自己买的那双手套好说歹说退掉了，然后换了一双女式的棉手套。母亲给了孩子一双手套，他也要送一双手套给母亲才行。他不能让关心他的母亲把手冻着了，否则，他会不安的。

孩子回到家里的时候，吃了一惊，母亲的手上，已经戴着一双手套了。孩子没有把自己给母亲买的手套拿出来。孩子对母亲说，妈，你买手套了？母亲说，买了。我怕你为我买手套，所以就先买了。母亲是怕孩子买贵了，就自己先买。

孩子看了看母亲手上的手套，发现那是一种很便宜的手套。母亲终究是舍不得花钱。孩子知道，母亲买这样的手套来戴，也只是为了让他安心，让他不再为她没有手套担忧她冻着了手。孩子说，买了就好！你要不买的话，我就要给你买了！只是这手套暖和吗？母亲笑着说，很暖和的！你就放心吧，我的手不会冻着了！孩子笑了笑，说，暖和就好，暖和就好！

现在，孩子是不能把自己买的手套送给母亲了。孩子把那双手套悄悄地藏了起来。孩子不能让母亲知道他给她买手套了。知道了，母亲肯定会心疼花了钱。孩子决定等明天冬天的时候再把手套送给母亲。

但是以后的几天里，孩子却发现母亲没有戴手套。这天，孩子终于忍不住问母亲了，妈，你的手套呢？母亲笑着说，你怎么问起它了？没了！孩子说，怎么会没了呢？是不是掉了？母亲说，不是掉了，其实我根本就没有买手套！孩子吃惊地看着母亲说，没有买手套？那双手套……母亲笑着说，那天，我看到你去商场给我买了一双手套，还是很贵的那种，刚好我的一个同事买了一双手套，于是我就借了她的手套戴回来，然后告诉你说是我买的。我这么做，是让你知道我有手套了，好让你把你买的手套拿去退掉！能省就省一点吧，反正我也不冷的！孩子大吃一惊，说，原来是这样！我就奇怪你这几天怎么不戴手套呢！

然后，孩子跑去拿出了那双藏起来的手套，一把塞到母亲手里，说，妈，快戴上吧！母亲吃惊地说，你买的手套没退？孩子笑着说，是的，没退！买下了，我就是要送给你的！妈，快戴上吧！母亲知道这回是怎么也推不掉了，赶紧戴上了手套，笑着说，真合适，真暖和！孩子也笑了，他买的手套，终于让母亲戴上了，孩子觉得无比的快乐和幸福。

让妈妈送饭

　　周末，他回家，母亲拄着拐杖一拐一瘸走过来。他问母亲，腿是否好些了。母亲说，好多了。于是他提出让母亲给他送午饭，母亲问他为什么，他说学校的饭菜不好吃。学校的饭菜是不好吃，这一点，母亲知道，所有的家长都知道，可是没有办法。母亲不同意送饭，她说送来饭菜都凉了。他说凉不了，就是凉了也不怕。母亲说她走得很慢，可能会让他等很久。他说他不怕等。他让母亲一定给他送饭。母亲又何尝不想给他送饭？母亲知道，他喜欢她做的饭菜。她做的饭菜，比学校的饭菜香。每一个孩子，都喜欢母亲做的饭菜。尽管母亲很不情愿送午饭，可是最终她还是答应了。她知道，她不给他送去，他就吃不好饭。吃不好饭，就长不了个儿，就打不起精神，就学不好知识。他的身体、他的前途，都需要她的饭，她是母亲，她不能不送。

　　别的人家还没开始做午饭，母亲就做起了午饭。别的人家还没吃午饭，母亲就吃起了午饭。她吃得匆忙，吃得大口，夹一块菜，吃两口饭，甚至三口饭。她吃下一碗饭，就提着他的饭菜出门。饭在下，菜在上，饭下面是碗，菜上面是碗，饭菜都在碗里，盖得严严实实。母亲还不放心，怕凉了，怕他吃不下，外面裹了毛巾，毛巾裹得严严实实。可是她还不放心，又裹了一层毛巾。最后，这团毛巾放进了一个布袋里，布袋口也被母亲拉得紧紧实实，不透风，不透气。这样，饭菜就凉不着了。

　　土路弯弯曲曲，土路高低不平，母亲拄着拐杖，一拐一瘸，一瘸一拐，匆匆向前。母亲怕自己迟到，迟到会让他等，会让他饿着肚子等。他读书，很辛苦，放学了，别人吃饭，他看着，等着，盼着，会很难受。他成绩好，老师喜欢；同学喜欢；母亲喜欢。成绩好的孩子，上课更认真，脑子转得快，肚子也就饿得快。母亲的步子越跨越大，越跨越快，她恨不得自己跑起来，飞起来。唉，都怪那该死的货车，都怪那该死的司机，喝了酒，胆子大，见着人，也不停，横着冲，把她给刮倒，残了一条腿。

从前一个小时的路，母亲走了一个半小时。好在她走得早，她没有迟到，来到学校的时候，放学铃刚刚打响，孩子们一窝蜂似地拥出来。她不敢挤，站到一边。她不进学校，等他出来。她拄着拐杖，一拐一瘸，一瘸一拐，进了学校，进了教室，送饭给他，那样，所有人都知道他母亲是个瘸子，会让他难堪，会让他难受。孩子们跑完了，他慢慢走过来，见到母亲，满脸堆笑，轻轻叫着，妈妈，你来啦！母亲点点头，将布袋递过去，轻轻说，饭菜在袋里！他接了布袋，一手拉了母亲。母亲急了，问，你干啥？他说，去教室坐坐吧，你走累了！母亲听了更急，摇摇头，不去，不去，我不累，我走了。他说，等我吃了饭，你把碗带回去！母亲很不情愿地在他的拉扯下进了学校，进了教室。

教室里，几十个孩子，齐刷刷停住吃饭，看着他，看着母亲。他向大家笑笑，指指母亲，说，这是我妈！我妈疼我，怕我吃不惯学校的饭菜，给我送饭来。我妈腿脚不方便，一拐一瘸，走了十里路，专门送饭来。母亲不敢看孩子们，低了头，跟着他走。坐下，他打开布袋，端出一团毛巾，拆开，又是毛巾，再拆开，然后揭开上面的碗，饭菜就现出来了，热腾腾，香喷喷。大家的目光看过来，看过来，目光变得像一张张大嘴，恨不得连碗一起吞下去。他尝了一口，笑着说，好吃，真好吃！母亲笑了，心满意足。他把碗端到母亲面前让母亲吃，母亲摇头，她不饿。就是饿，她也不会吃。这是孩子的饭菜，她吃一口，他就少吃一口。少吃一口，他就可能吃不饱。他不能饿着肚子读书，饿着肚子读不好书。她一把年纪了，饿饿肚子不损什么，不损身体，不损前途。

他狼吞虎咽，他大快朵颐，吃得津津有味，吃得"哧溜哧溜"。萝卜青菜，胜似大鱼大肉，惹得旁人直流口水。吃完，抹抹嘴，笑嘻嘻，吐出一句，真好吃！母亲笑了，心满意足。洗了碗，洗了筷子，放进布袋，交给母亲。母亲急着走，他送出教室，送出学校，送过马路，他让母亲慢点，再慢点。他让母亲明天还给他送饭来，就送这么多，就送萝卜青菜。母亲点点头，拄着拐杖，慢慢往家走。

老师来学校，听孩子们叽叽喳喳，知道他母亲给他送午饭，便把他叫到办公室。老师问，为什么让妈妈送饭？你不知道她腿脚不方便吗？还忍心让她送饭？他抬起头，大声说，老师，我也不忍心让妈妈送饭。我知道她腿脚不方便，十里土路，弯弯曲曲，高低不平，匆匆忙忙，容易摔倒。可是，我让她送饭，是让她明白，她残疾了，别人嫌弃她，不理她，可是我不会嫌弃她，不会不理她，我还愿意在大家面前叫她妈妈，愿意跟她亲亲热热地说话。只要我这个儿子对她好，她就会活得开心。只要我这个儿子需要她，她就会觉得自己活得有意义，有价值。老师恍然大悟，伸出手，轻轻地拍着他的肩膀。

　　他的眼泪"哗"地流下来——当他饱着肚子、舒舒服服坐在板凳上的时候，空着肚子的母亲还在土路上一拐一瘸地行走。只为给他送饭，母亲忍受了一路异样的目光，忍受了一路行走的痛苦。但他相信，母亲遭受到的所有的目光，所有的痛苦，与他津津有味地吃饱母亲做的一顿饭相比，与他亲亲热热地和母亲说上一句话相比，在母亲幸福的心中简直微不足道，不值一提。

爱的接力

　　一个女人在羊肠小道上奔跑着，她脸色苍白，气喘吁吁，可是她就是不肯停下来，沉重的脚步还是一个劲儿地往前挪动。她知道，时间就是生命，要是耽误一分钟，就可能让自己失去孩子。

　　一个行人看见奔跑的女人几欲跌倒，便问她："大姐，你这样拼命地跑干什么，发生什么事了？"女人没有停下来，嘴里上气不接下气地说："我的孩子……他误吃了鼠药……我要去镇上……给他拿药……"行人说："大姐，去镇上还有很远的路，我看你不用跑了，让我去吧，我比你跑得快！"行人是个男人，他确实能比女人跑得快。女人停住了脚步，说道："好，来，我给你药钱！"可是男人听了撒腿就跑了，他已经跑出一段路了，远远地说道："不用了，救人要紧！"女人看着渐渐远去的男人，心想，这人可真热心！

　　男人跑了一程路后，也累得气喘吁吁的了，可是他也不敢停下来，还是迈着沉重的脚步向前跑去。救人这么重要的事，耽误不得。时间就是生命呀。这时，又一个行人出现了，他看见奔跑的男人几欲跌倒，便问他："大哥，你这样拼命地跑干什么，发生什么事了？"男人没有停下来，嘴里上气不接下气地说："一个孩子……他误吃了鼠药……我要去镇上……给他拿药……"行人说："大哥，去镇上还有很远的路呀，我看你不用跑了，你跑得这么累了，就在这儿歇着，我去拿药，你等会儿来接我！"行人说完就撒腿向前跑去。男人说："好，我来接你！"

　　行人拼命地跑，他知道救人这么重要的事，一分钟也不能耽误。行人后来又遇到了另一个行人……

　　当那个女人才走到半路的时候，一个男人气喘吁吁地向她跑来，女人说："大哥，你跑这么快干啥？你手中拿的可是救孩子的药？"男人说：

"是呀……"女人得知那是救孩子的药，一把从男人手中拿过，说："大哥，你歇着，回头我再来谢你，我要去救我的孩子了！"

女人在羊肠小道上奔跑着，她脸色苍白，气喘吁吁，可是她就是不肯停下来，沉重的脚步还是一个劲儿地往前挪动。时间就是生命，迟到一分钟孩子就可能丢命呀！这时，一个行人来了，行人看见奔跑的女人几欲跌倒，便问她："大姐，你这样拼命地跑干什么，发生什么事了？"女人没有停下来，嘴里上气不接下气地说："我的孩子有救了……他误吃了鼠药……这是救他的药……"行人说："看你累得都跑不动了，告诉我你家在哪儿，我给你送回去！"女人说："我家在山岭村……我家门外有两棵槐树……进了村不远就能看到……"行人说："我知道了！"行人一把从女人手中接过了药，就向前跑去。女人说："跑得好快呀……"

行人跑了一程路后，也累得气喘吁吁的了，可是他也不敢停下来，还是迈着沉重的脚步向前跑去。又一个行人出现了，他看见奔跑的行人几欲跌倒，便问他："你这样拼命地跑干什么，发生什么事了？"行人没有停下来，嘴里上气不接下气地说："一个孩子……他误吃了鼠药……这是救他的药……"那个行人说道："看你累得都跑不动了，告诉我你家在哪里，我给你送回去！"行人说："山岭村……门外有两棵槐树……进村不远就能看见……"那个行人一把从他手中接过了药，就向前跑去……

当那个女人气喘吁吁地跑回家的时候，他误吃鼠药的孩子已经服下救他的药了。那个孩子因为救得及时，活过来了。

第二天，女人带着孩子去感谢为救他而奔跑的那些人，几经打听，却只打听到了两人，其他人都是行人，打听不到他们的任何一点消息。

为了挽救一个孩子的生命，有近十个素不相识的人在羊肠小道上拼命地奔跑，他们根本没有一点准备，但是他们却默契地完成了一次伟大的爱的接力，把一个孩子从死神那里救了回来。这个故事传开后，人们都说这是一个了不起的奇迹。

圣诞老人的礼物

　　雪花纷纷扬扬，整个世界银装素裹。比尔的母亲一边忙着做晚餐，一边将一瓶牛奶、两个面包、一只鸡腿以及 100 美元装进一个纸盒子。比尔放下玩具，好奇地看着母亲做这一切，他不知道母亲为何将这些东西装进纸盒子。

　　母亲打开门，雪花扑面而来。母亲将纸盒子放在门前的台阶上。那是一个红色的纸盒子，在白雪上显得异常夺目。比尔再也忍不住了，他问母亲为什么将纸盒子放在台阶上，母亲告诉他说，那是给圣诞老人的礼物。

　　比尔知道这天是圣诞节，还知道圣诞老人会给孩子礼物，可是母亲却给圣诞老人礼物，他闻所未闻。比尔见母亲忙碌的样子，他没再多问，他趴在窗台上，他要看看，圣诞老人是不是真的会出现，真的将那个纸盒子里的礼物取走。

　　果然，没过多久，穿着红衣服戴着红帽子的圣诞老人出现在大街上。比尔兴奋地睁大眼睛，紧盯着圣诞老人的一举一动。圣诞老人看到了比尔家门前台阶上的红色纸盒子，他向比尔家走来。

　　圣诞老人走到比尔家的台阶上，他弯腰打开了纸盒子，笑容满面地将牛奶、面包和鸡腿抓起来放进自己的口袋里。最后，他发现了里面的 100 美元，于是也抓了起来。

　　这时，门开了，比尔微笑着说："请问，您真的是圣诞老人吗？"圣诞老人看看比尔，微笑着回答："我当然是圣诞老人！"比尔将圣诞老人上上下下打量，又说："我只听说圣诞老人给孩子礼物，为什么您还要取走纸盒子里的礼物呢？"

　　圣诞老人听了一愣，他眨眨眼睛，说道："我要变魔法，需要道具。

这些东西，都是我所需要的道具。""哦。原来是这样。"比尔恍然大悟似的笑了，"我有一个愿望，您能帮我实现吗？"

"请你告诉我，我一定想办法帮你实现。"圣诞老人看着比尔。比尔说："我想要一顶红帽子，汤姆他们那种！"圣诞老人笑着说："好，我知道了。你明天早上就会收到我的礼物。"说完，圣诞老人迎着风雪走了。比尔一直看着圣诞老人走远才转身回家关门。

这天夜里，比尔做了一个梦，他梦见圣诞老人将红帽子放在台阶上的纸盒子里，然后，他就醒了。

比尔下了床，打开门，台阶上，立着那个纸盒子。比尔拂去纸盒子上的雪花，他迅速地打开纸盒子，里面赫然是一顶红帽子。这是如今最流行的红帽子，许多孩子都戴，比尔曾经跟母亲说过，可是由于它价格不菲，母亲一直没跟他买。没想到现在他也拥有了这样的红帽子，而且还是圣诞老人给的。

比尔戴着红帽子蹦蹦跳跳地跑进屋，关紧门。这时，母亲走过来，她看到比尔头上的红帽子，吃了一惊，问道："你头上的红帽子哪里来的？"比尔微笑着说："圣诞老人送给我的。""圣诞老人？"母亲盯着比尔。比尔对母亲解释，说昨天他看到圣诞老人来取走纸盒子里的礼物，他对圣诞老人说他要一顶红帽子。

母亲看比尔快乐的样子，她欲言又止。比尔跳着说："妈妈，圣诞老人真的很神奇，我得到了最想要的礼物！"母亲说："圣诞老人无所不能！""对，他无所不能！他会魔法！"比尔兴奋不已。

第二天，母亲找到圣诞老人，她说："谢谢您！您给了比尔一顶他想要的红帽子。史重要的是，您让他相信，这个世上真的有无所不能的圣诞老人。因为您的出现，他无比快乐！"圣诞老人静静地听，微微地笑。

母亲掏出500美元递给圣诞老人，她说："红帽子价格不菲，这钱请您收下！"圣诞老人连连后退，他说："虽说我不容易，但那是我给孩子的礼物，所以无论如何我都不能收下这钱！只要能让孩子快乐，让他的世界里有一位神奇的圣诞老人，这比什么都重要！"

母亲只好作罢，她的眼里闪着泪花。在此之前，她觉得自己是圣诞老人，因为她给了这位流浪汉礼物，但是现在她觉得，他才是一位真正的圣诞老人。

永远的爱

卡尔和父亲都是一名邮递员。卡尔每天走村串户，十分辛苦。就在卡尔决定不再干这份辛苦的差事的时候，父亲出了意外。父亲常年走的都是一条偏僻的山路，因为一不小心，他摔下了山崖。父亲临终前让卡尔以后替他走那条山村邮路，并且父亲还一再叮嘱卡尔：每天一定要从露茜太太家门口经过。卡尔含泪答应了父亲。

当卡尔踏上父亲曾经走过的山村邮路的时候，才发现这一程是多么艰难，许多人家住的都很偏僻，而单门独户的露茜太太的房子更是在半山腰，上下山的道路更是崎岖难走。如果不是有父亲长年留下的足迹，卡尔很难发现在那些怪石上有一条道路。卡尔经过露茜太太家门口的时候，露茜太太微笑着跟他打招呼："小伙子，您好！"卡尔点点头："您好！"然后卡尔快步向前走去。

几天之后，卡尔发现露茜太太既没有订阅报纸杂志，也没有信件和包裹，完全没有必要经过她家门口。经过她家门口，不但要上山下山耽误半个小时，而且万分危险，稍有不慎就会掉下山崖摔成重伤。卡尔想到了父亲的叮嘱：每天一定要从露茜太太家门口经过。这是为什么呢？

卡尔将心中的疑问告诉了母亲，母亲告诉了他原委。原来，露茜太太的丈夫早逝，她的儿子后来去了远方，可是她的儿子并不学好，伙同别人抢劫珠宝，被警察包围的时候抓了人质来要挟。为了营救人质，警察最终将她的儿子击毙了。这事大家都没有告诉露茜太太，怕她经不起这个打击。每天，露茜太太都在家门口等待卡尔的父亲，她盼望着儿子的消息。卡尔的父亲见露茜太太每天见到他都面带微笑，他知道，他的出现就是露茜太太的希望和快乐，所以无论山路多么崎岖难走，他一年365天都风雨无阻地出现在露茜太太家门口，给她带去一份希望和快乐。

从此，卡尔不再埋怨绕行那段崎岖的山路，他明白，作为一名邮递员，他给大家带去的不只是报刊和信件，还有希望和快乐。卡尔发现，他还没有走到露茜太太家门口，露茜太太就已经早早守在那里微笑着等待他了，可见他的到来对露茜太太有多么重要。于是每天卡尔都会停下来热情地跟露茜太太说几句话，而露茜太太总是邀请他到屋里坐。露茜太太还递上早已准备好的热水给卡尔喝，有时还塞一把糖果给卡尔，让他带在路上吃。

卡尔觉得露茜太太很可怜，她每天都在等待儿子的来信，虽然每天他都给她带去了希望和快乐，但是他离开之后呢，她仍然是失望。卡尔想露茜太太对自己这么好，自己还应该为她做点什么。于是卡尔决定以露茜太太儿子的名义给她写信。

当卡尔将信交到露茜太太手里的时候，她激动得热泪盈眶："来信了！终于来信了！"卡尔笑了，露茜太太等这封信等得太久了！

后来，卡尔不只是给露茜太太写信，他还不时给她寄钱和营养品。当然，这些东西都是他寄给远方的朋友，再让远方的朋友寄过来的。天衣无缝，露茜太太信以为真，以为自己的儿子出息了，每天都笑容满面，人也年轻了很多。

一转眼就一年过去了。这天，卡尔来到露茜太太家门口的时候，没有见到露茜太太，而且她的家门紧闭。卡尔非常着急，他想露茜太太这是去哪儿了吗？她该不会是生病或者出了别的什么意外吧？一整天，卡尔的脑子里都是对露茜太太的担心。一路上，他向大家打听露茜太太的消息，结果大家都一无所知。

晚上，卡尔疲惫地回到家里，母亲递过来一封信，说是露茜太太写给他的。卡尔迫不及待地拆开信：

亲爱的卡尔：非常感谢您这一年来对我的关心和照顾。我知道，那些信，还有钱和营养品都是您寄给我的，因为我的儿子早就不在人世了——虽然大家都在隐瞒这事，但两年前我还是知道了。我知道，您，还有您的父亲，每天绕道从我家门口经过，为的就是给我带来希望和快乐。的确，因为你们的到来，我每天都很快乐——因为在这个世上还有你们记得我，关心我，为了我而不辞辛劳地绕道。每天我一见到您，就像见到了自己的儿子——在我的心里，我一直都把您当作自己的儿子。

昨天，我才得知您的父亲是因为走那段山路摔下山崖不幸去世，我想我不能再让您为了我出这样的意外，所以我决定离开这里。孩子，您给我的钱，我一分没花，还有，我所有的财产都给您。妈妈祝您快乐，做一个永远快乐的邮递员！

"妈妈！"热泪盈眶的卡尔情不自禁地喊了出来。

第二天，卡尔依旧踏上了去露茜太太家的那段崎岖的山路。当他来到露茜太太家门口的时候，家门仍然紧闭，可是卡尔觉得，露茜太太就站在他面前，并为他端来热水，还往他的包里塞着糖果。卡尔微笑着说："妈妈，谢谢您！"两分钟之后，卡尔才依依不舍地离开小屋。他决定以后每天依然要经过这座小屋，因为说不定哪一天露茜太太就回来了，真的出现在他的眼前。

富翁的秘密

约克镇来了大盗，好几位富翁家被洗劫一空。许多富人都把自己的钱财隐匿起来，以免遭劫。在这节骨眼上，迈克尔突然得到远方亲戚的一笔巨额遗产，一时间传遍了整个约克镇。大家都替迈克尔担心，不知道他的财富能否守得住。

显然，迈克尔也担心这事。这不，他去买回了一个巨大的保险柜，并请工匠将保险柜装在了墙壁里。然后，迈克尔将所有贵重的东西都放在了保险柜里。保险柜两个人也抬不走，就是抬走，也会引起人们的注意。要打开保险柜，没有钥匙和密码，当然也不行。迈克尔认为万无一失了，非常满意。

迈克尔不用再为钱财的事担心，他像从前一样早出晚归。这天，迈克尔前脚一走，马上就有一个大盗钻进了他家。大盗早就听说迈克尔得到了一笔财产，当然也听说迈克尔买了一个巨大的保险柜。大盗进了屋，果然发现屋子中间的墙壁上装了一个巨大的保险柜。大盗"呵呵"一笑，他抬不走保险柜，难道还不能打开它吗？

要知道，这可是个不一般的大盗，他叫卡特，作案无数，打开过无数保险柜。迄今为止，还没有卡特打不开的保险柜。卡特掏出早就准备好的开锁工具，上前开起了锁。的确，这个保险柜的锁有些特殊，卡特连换了两种工具，都没能把它打开。不过，卡特也弄清楚了锁的构造，有办法打开它了。就在卡特掏出第三种工具开锁的时候，他突然晕倒在了地上。

不一会儿，迈克尔回来了，发现倒在地上的卡特，微微一笑，连忙打了报警电话。很快，警车呼啸而至，将卡特给抓走了。

卡特有一个同伙，叫克劳德，他这天没有跟卡特一起作案，他听说卡特被警察抓走了，还听说卡特是因为开不了保险柜给气晕的。克劳德想，世上真有打不开的保险柜吗？克劳德的开锁技术一点也不比卡特差，他想卡特失败了，他一定要成功。就算打不开锁，也要把保险柜给拆了。克劳德觉得卡特真笨，打不开锁就不打了吧，直接拆保险柜得了。

两天后，克劳德眼看着迈克尔离家，然后便钻进了他的家。克劳德进了屋，看到屋子中间墙壁上巨大的保险柜，不禁一笑：不就是一个大保险柜嘛！难不倒我！克劳德上前掏出工具开锁。用了一种工具，锁没打开。克劳德再换一种工具，还是没能打开。克劳德想，这锁果然有些难开！要知道，一般的保险柜，他只要换两种工具就能打开。

克劳德开不了锁，决定拆保险柜。保险柜再坚固，终究是人造的。是人造的，就有办法把它拆开。克劳德掏出了拆保险柜的工具，他插上电源，开始拆除保险柜。果然，保险柜也不是真的就保险，克劳德很快就将保险柜给拆开了一条口子。只要拆掉一块，那就大功告成。然而，就在这时，意想不到的事情发生了，克劳德有气无力地倒在了地上。此时的克劳德终于明白卡特为什么会失手了。

不一会儿，迈克尔回来了，发现倒在地上的克劳德，微微一笑，连忙打了报警电话。很快，警车呼啸而至，将克劳德给抓走了。

第二天，报纸刊登了大盗卡特和克劳德被抓获的消息，说这都是迈克尔一个人的功劳。原来，警方一直在追捕卡特和克劳德，他们从大城市来到了约克镇，迈克尔见镇上的富人家被盗，便知道他们来到了这里，于是他故意放消息说他得到了远方亲戚的一笔巨额遗产，并大张旗鼓地买来一个大保险柜，这样一来，就能引起卡特和克劳德的注意。而事实上，迈克尔是一个孤儿，他从小就在孤儿院长大，根本没有什么亲戚，自然没有得到遗产。每次迈克尔离开家的时候，他在装保险柜的屋里放了迷药，就等卡特和克劳德送上门来。卡特和克劳德果然中计，他们在屋里只顾开保险柜，因为待的时间一长，吸入迷药过多，人就晕倒了，有气无力的他们就只有束手就擒的份儿。

迈克尔因为抓大盗有功，得到了警方悬赏的 50 万美元奖金。本来不是富翁的迈克尔，因为这笔奖金，大家都说他成了富翁。大家都想迈克尔现在有了钱，肯定可以过上好日子了。

然而，迈克尔的生活依旧没有改变，他依旧过着平常的生活，依旧打着零工。大家都劝迈克尔说："有钱了，就该享福了，别把钱给存着！"迈克尔对此微微一笑，说："现在这样就很好。"大家都觉得迈克尔过惯了穷日子，拿着钱都不知道怎么花。

没想到，3天后，人们又从报纸上看到一个惊天的大消息：迈克尔将50万美元的奖金全捐给了孤儿院。人们都说，迈克尔疯了，傻了。有人问迈克尔为什么把钱给捐了，迈克尔说："我从小就在孤儿院长大，可是不久前的一场暴风雪毁坏了孤儿院。而孤儿院没钱修缮房屋，我看到警方的悬赏公告，就想要是能得到这笔奖金就好了……"

有人问道："这么说，你抓两个大盗是为了得到那笔奖金修缮孤儿院？"迈克尔点着头说："是的！说实在的，要不是为了孤儿院，我可没那个胆敢跟心狠手辣的大盗们作对！"说着，迈克尔有些不好意思地低下了头。

大家恍然大悟，原来，迈克尔的勇敢与智慧都是源自他心中那份深深的爱。那一刻，大家都觉得迈克尔是一位真正的富翁。

命运向冬，人心向春

他在小店门外徘徊。小店里面就只有一个女孩，正是下手的好对象。现在，家家户户都在家里吃年夜饭，可他，有家却回不去。他是多想回家，多想跟家人在一起呀！黑心的老板只给了他几百块钱就跑了，去火车站买车票，排了几个小时的队，等到买票的时候，一掏口袋，一分钱都没有了。为此，他痛心地哭了一场。这可是他头一次出来打工，没想到就遇上了这样倒霉的事。现在，他很饿，很想饱餐一顿。可是，他没有钱。

到处的门面都关门了，街上偶尔才只有一两个行人经过，他迟迟没有进小店，他还得等，等再晚些再动手。毕竟，他从来没有干过这样的事，他很紧张。他只是想好好吃顿饭，他不想出什么意外。

女孩发现了外面的他，女孩走到小店门口，对他说，大哥，外面冷，进来坐吧。他看了女孩一眼，他觉得女孩是在给他机会。进了小店，到时候找个机会下手，就更容易了。他笑了笑，那是僵硬的笑。他进了小店。小店里很温暖，不像外面吹着寒风。女孩拿了一包烟给他，说，拿着吧！他慌乱地接过，他受宠若惊，说，你干吗给我烟？女孩说，我一个人在这里，很无聊，给你烟抽，你就可以坐下来陪我说说话！他笑了。女孩还给了他打火机，说，抽吧，不用给钱！

他拿了一支烟抽起来。抽完了，女孩又捧了一捧瓜子在他面前，说，大哥，吃瓜子吧！你别走了，就陪我守会儿店吧，等会儿我请你吃饭！他看着女孩，说，你请我吃饭？女孩说，是呀！我一个人吃饭也没劲，难得有个人陪我！再说，我一个人在这里，我也怕，有你在，我就放心了！他听了心里好笑，这个女孩居然还想让他给她壮胆，而他，正是要对她下手的人呀！他觉得女孩太天真了。

他吃着瓜子，跟女孩聊着天儿。女孩知道的可并不少，给他讲故事，也讲古今中外的名人，讲他们经过怎样的苦难最后才成就了自己。最后，女孩还讲她自己的故事。女孩家里穷，读了初中就出来打工，洗过碗，打扫过厕所，当过售货员，有两次都白干了，一分钱都没有拿到，后来挣了钱，就租了这个门面，自己当了小老板。女孩还对他说，谁都不容易，谁都有这样那样的沟沟坎坎要过。只要过去了，就好了。命运把人推向了冬天，但在心里得有一个春天。只要不绝望，向前走，一切都会柳暗花明。

他没有想到女孩什么都会告诉他，他没有想到女孩原来也有那样多的不幸，他同情女孩，他也为女孩能取得今天的成绩感到高兴。女孩能够面对的，他一个男孩子，又有什么挺不过去的？他想了很多，他没有对女孩下手。等到女孩关门的时候，他走了。虽然女孩一再挽留他吃饭，但他执意要走。他说他的女朋友在等他。

他说了谎，他没有女朋友。他沿着街走呀走，最后去了酒店，他当然不是去吃饭，他去洗了碗，然后还对老板说过年得注意安全，他愿意留下来值夜当保安。老板高兴地答应了，说多一个人也好，为此，还请他吃晚饭。

从此之后，他就留在了酒店当保安。他很努力，也很出色，后来，保安队长走了，他成了保安队长，工资也长了一大截。

那天，他休假，他去找女孩，他决定请女孩吃顿饭。而且，他还要把他的故事告诉女孩，正是女孩给予他温暖，才让他有了春天。

然而，当他来到小店，却没有见到女孩，只有一个女人在，他向女人打听女孩，说，她是你女儿吧，我有话要跟她说！女人说，她呀，不是我女儿，她是我请的人，小店生意不好，我让她走了。我也不知道她去哪儿了！

他呆呆地说不出话来。他怎么都没有想到，女孩不是老板，她像他一样，只是一个打工的人，她居然骗了他。她干吗要骗我呢？他想呀想，到底想明白了，她肯定从他的情形看到了危险，才请他进了小店，才对他说出那样的一番话来。她这么做，那是对他的希望，是给他温暖，是在拯救他。她是一个聪明的女孩，救了他，也救了自己。他想，像她这么聪明的人，一定过得比自己好！他有春天了，她也应该有的！而且她的春天一定很温暖，一定柳暗花明，百花争艳！

# 崇高有多高

　　张晓风除了会画画，就什么也不会。张晓风都 20 岁了，还只知道画画。他画了数百幅画，可是却一幅也没有卖出去。为此，张晓风的父母急了，他们都劝张晓风别画了，说去学点别的什么，以后才能养活自己。画画只能当做业余爱好，不能当工作，更不能当饭吃。

　　可是张晓风哪里听得进去，他说他就是为了养活自己，才选择画画。父母说他一幅也卖不出去，怎么养活自己？张晓风就说画卖不出去只是暂时的，总有一天会卖出去，会卖很多钱。

　　可是，这一天是哪一天呢？

　　母亲告诉张晓风说外面的人都说他的闲话呢，说他吃不了苦，才不肯去干别的事，画画只是图个快活。张晓风说就让别人说去吧，他走自己的路，他又没干坏事，不怕人说。

　　这么劝都劝不动张晓风，母亲就跟张晓风提到了楼下守门的老刘。老刘年轻的时候，也画画，可结果呢，画了一辈子，什么也没有。到现在，还孤苦伶仃的一个人，社区安排他守门，一个月给 600 块钱生活费。母亲希望张晓风不要走老刘的路，说这样下去会毁了他一辈子。

　　然而，张晓风还是不肯听，他说时代不同了，他会走好自己的路，他不会后悔。父母只好叹息，觉得这孩子无药可救。

　　张晓风依旧天天画画。

　　突然有一天，一个陌生的女人上门来找张晓风。女人开门见山就说："你就是张晓风吧？听说你很喜欢画画，画了不少，你拿出来我看看，我想买一幅！"

　　听女人这么一说，张晓风赶紧去拿出几十幅作品，让女人挑选。

女人看看这幅，又看看那幅，爱不释手，赞不绝口，她说："画得真好！我都不知道买哪一幅了！"

最终，女人选了一个老人背孩子过河的画，画叫：《帮助》。

女人问张晓风多少钱，张晓风说随便给吧。女人说："哪能随便给呢？这样吧，我身上的600块钱，都给你！"女人当真掏出钱包，将600块钱给了张晓风。

张晓风没想到他的画居然卖了600块钱，他兴奋不已。

女人拿着画走的时候，她告诉张晓风，说他现在的画都画得这么好，只要坚持下去，将来一定能够成为一名出色的画家，一定很有成就，将来她还会来买他的画。

女人走后，张晓风在屋子里半天也平静不下来，他想女人肯定是个识货的人，肯定看出他的画有价值，才出这么高的价钱买走他的画。

张晓风的父母看着女人买走儿子的话，半天都没发一言，但他们都觉得儿子有出息，将来肯定如女人所说，能成为一名画家，会很有成就。这么一想，他们的脸上都有了幸福的笑容。

从这以后，父母不再反对张晓风画画了。张晓风也更努力了。

也就从这以后，不断有人上门来买张晓风的画。虽然价钱都不如女人出的高，但只要别人肯买，张晓风就卖。别人买他的画，就是对他最大的认可。

后来，张晓风举办了一次画展，一天就卖出去了十几幅。电视台和报社专门报道了他的事。张晓风成了小城的名人。

再后来，每年张晓风都会举办一次画展。

今年的画展上，张晓风看到了第一个买他画的女人。张晓风走过去，热情地说："您好！太谢谢您了！我有今天，全都是因为您买走了我一幅画。现在，您看中了哪幅画，我送您！"

女人说："对不起，我不懂画！"张晓风吃了一惊，说："你不懂画？可是你却买走了我一幅画，还说我画得好！"女人说："那是我替别人买的！"张晓风说："替别人买的？替谁？"女人说："你们楼下的门卫老刘！"

张晓风瞪大了眼睛，他说："他让你替他买？他这是……"女人说："他说你有画画的才华，说你将来一定能够成为一名画家。只是当时你还没有名气，也没有人支持你，他担心你不能坚持下去，就想帮帮你，所以就找了我来买画。"

张晓风半天没有言语。600块钱，那可是老刘一个月的生活费啊！张晓风突然觉得《帮助》那幅画中的老人就是老刘，那个孩子就是他自己。他能有今天，完全是老刘把他背过了河。

这天晚上，张晓风回家的时候，他第一次走进了老刘的门卫室。

雨天的温暖

老人站在窗口，外面正下着雨，老人自言自语："怎么就下雨了?"老人很着急。今天，是老人的儿子上班的第二天，昨天晚上，儿子告诉老人说今天他有特殊任务。老人一听就明白特殊任务是什么东西。老人的老伴原来就是警察，因为一次特殊任务牺牲了。儿子继承了父亲的遗志，当了一名警察。老人为儿子高兴，一当警察就有特殊任务，但同时，老人也为儿子担心，他们要抓的是些什么人呢?那些人有手枪吗?老人埋怨这个雨天。假如儿子在荒郊野外执行任务，那他还不得淋透了!万一冷着了怎么办?

老人希望雨赶快停下来，可老天却不由人，一个劲儿地下。老人就在窗口一直看着雨，一直想着儿子。老人想，今天是儿子第一次执行特殊任务，会紧张吗?会害怕吗?不会的!不会的!他那么勇敢，像他爸一样，怎么会害怕呢?再说，他早就经过训练了，哪会害怕?!他肯定会勇敢地冲上去抓坏人……唉，他天不亮就走了，我该叮嘱他几句……

老人不知道自己在窗口站了多久，想了多久，看看时间不早了，于是就找了伞出门去了。今天儿子执行特殊任务，肯定很累，肯定很饿，老人要做好吃的犒劳儿子。老人买了排骨，还买了一条鱼。

回到家里，老人就烧排骨。同时，老人还做了糖醋脆皮鱼。这些，都是儿子的最爱。这些年，儿子长年在外，难得在家，现在，老人总算能亲手为儿子做饭菜了。老人很高兴。老人想，吃着她做的饭菜的儿子也会很高兴。

老人忙了一个小时，就把饭菜做好了。老人看看表，12点了，她想儿子应该回来了吧。儿子说了上午就能完成任务，会回来吃饭的!

老人打开了门，老人想儿子回来不用掏钥匙。老人在门口张望着，老人一等再等，儿子却一直没有出现。

老人又看表，都12点半了。老人着急了，怎么还不回来？难道出了什么意外？老人很担心儿子。儿子才回到她身边呀，她要和儿子好好生活。

终于，老人忍不住去按了儿子的手机号。通了，老人说："儿呀，任务完了没有，妈等着你回来吃饭！"那头说："妈，我马上就回来，你先吃着吧！"听到儿子的声音，老人笑了，看来儿子很好，还把任务完成了。挂了电话，老人又去打开门望儿子。老人要等到儿子回来了才一起吃饭。

10分钟后，一个年轻人在楼梯口出现了，年轻人看到老人，笑着叫她一声："妈！"老人笑了，上前拉着年轻人的手，说："你总算回来了！"进了屋，老人又说："在外面没苦着你吧？"年轻人说："不苦，一点都不！把坏人都抓住了，大家都高兴呢！"老人笑着说："那就好，那就好！"然后，老人把饭菜摆上桌，说："儿子，饿了吧，快吃吧！"年轻人看到桌上的红烧排骨和糖醋脆皮鱼，眼泪一下子涌了出来。年轻人赶紧转身擦眼泪，在年轻人的嘴里，他默默地念着一个人的名字。

其实，年轻人并不是老人的儿子。老人的儿子在那次特殊任务中被歹徒捅了几刀，因失血过多抢救无效牺牲了。这个年轻人，是老人儿子的同事。每逢雨天，老人就会念叨儿子，就会精神失常。然后，老人就会做儿子最爱的饭菜。再然后，老人不见儿子回来就会按儿子的手机号，这个年轻人，就会以老人儿子的身份出现在老人面前。一样的年轻，一样的制服，再加上老人精神失常、眼睛不好，她从来就没有怀疑过这个年轻人不是自己的儿子。每一次，只要年轻人看到老人家的电话号码，就会立即赶过来。哪怕仅仅只是陪老人吃一顿饭，也能让老人感到无比的幸福。

雨天的一把伞

　　他走出桥洞，走上了大街。天灰蒙蒙的，正下着雨，他没有伞，他不能再往向前走了，因为他自己也不知道自己该往哪儿走。他就站在街边躲雨，茫然地看着来来往往的行人。

　　他进城已经半个月了，却从没有找到一样可以好好干下去的事儿。他先在建筑工地打工，只干了3天，老板就不要他了，因为他干得活儿不好，因为他是个驼背。其实，他也已经尽自己最大的努力了。他向老板求情，可老板冲他挥挥手，就赶走了他，连3天的工钱也没给。他当然是问了，可老板说他干的活不好，给他们添了麻烦，还说已经给了他3天的饭吃，就算扯平了。他只得咬着牙离开了。要不是儿子上中学需要钱，他才不会出来挣钱。老婆在孩子小的时候就跑了，他一手拉扯孩子。孩子读书努力，成绩非常好，老师总是表扬他。孩子是他的希望，他一定要让孩子出人头地，要让孩子读中学，还要读大学。

　　离开工地，他不知道自己还能干什么。他什么技术也没有，形象也不佳，还能干什么呢？他感到委屈。后来看到街边擦皮鞋的生意不错，这个也容易，于是他就将所有的资本搭上头了擦鞋的行头，在街边擦皮鞋。一天下来，他就只擦了两双皮鞋。以后的几天，他也偶尔才能擦上一双皮鞋，不像别人忙都忙不过来。这样干下去，当然不是办法。孩子在学校读书，等着他寄钱回去呢！

　　他擦鞋的几天看到老头子、老太婆背背篓捡垃圾，觉得那是一个不错的事儿。他早在乡下就曾听说有人垃圾发财了，还盖起楼房。城里人的垃圾也值钱，而且城里人钱也多，一不小心就把钱往垃圾里扔。他希望自己也能捡到钱。于是，他捡垃圾了。他没有背篓，只有一个蛇皮袋。蛇皮袋也是捡的。两天下来，赚了20多块钱，把他乐坏了。然而以后的几天，他没有捡到垃圾，别的捡垃圾的不让他捡，还要打他。这时，他才知道捡垃圾也是各有各的地盘。他没有地盘，也没有熟人，他只能提着蛇皮袋在街上走，希望遇到有价值的垃圾。遇到小区，他就对保安说，里面有垃圾，我可以去捡吗？可每个保安都冲他摆手，还说，走开！你以为哪儿都可以捡垃圾呀！他听了，默默地走开了。原来捡垃圾也不容易呀！自然他是没有再捡下去了。挣不来钱呀！

他实在不知道自己还能干什么。他只能当乞丐了。他就坐在了街头，向行人伸出了双手。结果一天下来分文没有要到，最后还被三个乞丐狠狠地打了一顿。原来乞丐也有自己的地盘。他行乞，无疑就是在抢人家的钱，人家怎么能同意？他知道自己走投无路了。可是，他又不能回去。回去了，孩子还能读书吗？没有钱，一切都是空谈。

昨晚在桥洞里翻来覆去，睡得很晚，所以今早起得迟了。偏偏这天又下雨，他更不知道该干什么了。他就站在街边躲雨，看来来往往的行人。他还没有吃早饭，钱，一分也没有了。他希望有人可怜他，给他钱。可他向行人伸了几次手，别人都不理他。他忽然觉得这个冬天很冷，觉得这个城市很冷。他颤抖着走入了街边等车的人群里。他决定自己动手了。

他走到一个西装革履的男人的旁边，男人看了他一眼，把伞向他头上移了过来。这时，他看清了男人的脸，他更加清楚地断定男人有钱，而且很有钱。于是他就靠男人更近了，然后他悄悄地把手伸进了男人的口袋，他果真摸到了钱，而且是一叠。他兴奋地把钱掏出来放进了自己的口袋。男人一点也不知道，也没有他人发现。他第一次行动就成功了，他高兴地搓着双手，转身就要离开。这时，公交车来了，男人对他说，我下车就到公司，这伞就给你了，拿着吧，别淋出病来了！他一愣，望着男人，没有说话，也没有接伞。男人一把将伞塞到他的手里，就冲上了公交车。他握着伞的手激动不已，他连忙从口袋里掏出钱，冲上公交车，往男人手里一塞，说，你的东西掉了！然后，他就又冲下了公交车。然后，公交车就开走了。

他举着伞站在街边，眼里满是泪水。虽然男人给他的只是一把小小的雨伞，但是却让他感到了从未有过的温暖。他突然发现这个城市并不冷，一点都不，它是那么的温暖，它能接纳他。他知道，冬天马上就要过去了，春天马上就要到来。然后，他向前走去，在他的眼里，突然一片光明。他知道，男人给他一把伞的同时，也给了他一个晴空。

 # 一夜没睡

　　这天下午，张志诚出差来到江东市，恰好江东市搞旅游节，张志诚找了好几家旅馆，都住满了人。张志诚特别沮丧，来到第六家旅馆，还是没有多余的房间了，不过老板告诉他说有一间房有两张床，还空着一张床，问张志诚住不住。如果不住下，恐怕晚了连张床都找不到了，张志诚只好住了下来。

　　老板把张志诚带到那间房，说："就这间！"张志诚推门进去，看到东边的床上躺着一个满脸胡子的男人，张志诚冲男人笑了笑，男人却毫无表情。张志诚见男人不理他，便不再看男人，在西边的床上放下自己的包，然后躺了下来。

　　男人不说话，张志诚也不说话。男人抽烟，张志诚也抽烟。一时之间，房间里烟雾弥漫。男人接连抽了两支烟，就下床穿上鞋子出了门。张志诚把手中的烟抽完，也下床穿上鞋子出了门。张志诚把门锁好，然后出了旅馆。

　　天色已经完全黑了，张志诚去餐馆吃饭，还喝了半瓶酒。回旅馆的时候，张志诚顺便买了一份报纸。回到房间，张志诚发现男人也已经回来了，想来刚才男人也是出去吃饭吧。张志诚去洗了脸和脚，就爬上了床，拿出报纸看起来。男人也正在看报纸，但他看看报纸就看一眼张志诚。好几次张志诚都发现男人在看他，张志诚的心里就不踏实了，心里想，他老是看我干吗呢？莫不是想打我什么主意？张志诚再偷偷地打量着男人，男人浓眉大眼，一脸凶悍相，一看就不像个好人。张志诚心里又想，他不住单人房间，就是想跟人合住一间房，好对房客下手。想到这里，张志诚暗叫糟糕。张志诚想走，可是这么晚了，他还能到哪里去呢？唉，张志诚只好继续躺在床上无精打采地看报纸。

张志诚抽完了一盒烟，手中的报纸也是翻了一遍又一遍，这时，夜已深了，他的眼皮老是打架，可他就是不敢睡，他担心自己一睡男人就对他下手。男人跟张志诚耗上了，见张志诚不睡，他也不睡，老是抽烟，手中的报纸也是翻来翻去。整个房间烟雾弥漫，张志诚和男人不时咳嗽一声。有时是张志诚故意咳嗽的，他是提醒男人夜深了，该睡觉了。可男人好像没有听到似的，装聋作哑，继续翻手中的报纸。

　　终于，张志诚熬不住了，他把报纸一扔，钻进了被窝里。张志诚在被窝里并没有睡着，他还醒着，耳朵一直在听房里的动静，他想看看男人到底能把他怎么样。

　　过了一会儿，男人放下了手里的报纸，关了灯，也钻进了被窝里。张志诚还是没敢睡着，他担心男人也像他一样钻进被窝里装睡，制造假象迷惑他。果然，张志诚猜得没错，男人真的是装睡，根本就没睡着，他在床上翻来覆去。张志诚心里暗叫不好，男人真想打他的主意呀。张志诚哪里还有睡意，也在床上翻来覆去，他这么做，就是想告诉男人，我没睡着，我看你能把我怎么样。

　　男人总是在床上翻来覆去，似乎男人等得不耐烦了。张志诚也在床上翻来覆去，他这一招，果然奏效，男人以为张志诚没睡着，一直没敢采取行动。

　　这一夜，张志诚一直没睡着。第二天一早，张志诚醒来，眼睛布满血丝。那时，男人也起了床，张志诚一看男人的眼睛，也是布满血丝。张志诚瞪了男人一眼，拖着疲惫的身子出了房间，他去早餐店吃了早餐，然后回到旅馆准备好好睡一觉。推开房间的门，雷声大作，一看，男人躺在床上正呼呼大睡。张志诚心里嘀咕，啥意思呀？莫不是又在装睡，你还真不放过我呀？张志诚进了门，狠狠地甩门，"砰"的一声，整个房间里像有一枚炸弹爆炸了，男人顿时被惊醒了。

　　张志诚心想，果然是装睡呢。男人坐了起来，看到张志诚，不好意思地笑了笑，说道："兄弟，你今天不去看旅游节开幕式？"张志诚见男人说话，就说："不去看！你呢？不去看吗？"男人说："不去了，先睡觉，下午再出去！兄弟，昨晚我没影响你睡觉吧？"张志诚笑了笑，说："昨晚啊？昨晚我睡得挺好，你呢？没睡好吗？"男人笑了笑，不好意思地说："兄弟，不瞒你说，我昨晚还真没睡好！我这人，一睡觉就打鼾，而且鼾声如雷，没法让别人睡，我老婆都跟我分床睡呢！昨晚怕影响到你睡觉，我就没敢睡觉，只好在床上躺了一夜！"

　　听到这里，张志诚心里突然难受起来，原来人家并没有起什么坏心眼儿，人家是一心为自己着想，自己却把人家当成坏人，自己折腾了自己一夜。张志诚说："大哥，真是委屈你了，那你好好睡觉吧，我先出去了！"张志诚轻轻地出了门，轻轻地关上门，然后打起精神出了旅馆，他决定晚上不回这家旅馆了，否则，男人还会因为他一夜不睡觉。

传递信任

平时去上班，我都是步行，可是那天早上，我出门晚了一些，因为怕迟到，于是便坐了三轮车。之所以选坐三轮车，而不坐公交车，是怕遇到堵车。一旦堵车，公交车就会比三轮车还慢。

蹬三轮车的是个年纪很大的男人，像我父亲，至少有 50 岁了。但是，他的力气很足，三轮车被他蹬得呼呼直往前跑，一点儿也不比公交车慢。也许，他知道我赶时间。也许，他赢得一个生意不容易，怕怠慢了顾客，不坐他的车了。

当来到单位的时候，时间比我预计的早得多。我很高兴地下了三轮车。我伸手掏口袋，一下子就呆了，口袋里竟然没有钱包。我早上换的裤子，因为走得太急，钱包落在了家里。

看着我空空的双手，男人也是一愣。我对男人说："很抱歉，我没带钱包，身上没有钱，车钱，我明天早上付给你，就这个时候，就在这里，行吗？"我盯着男人。

男人盯着我，没有说话。我呆住了，难道他不相信我？难道他认为我是骗子？只是 5 块钱，值得我骗吗？我经常几百上千地花钱，5 块钱，对于我来说，真的算不了什么。我真的不是不想给车钱，是真的没带上钱。我向男人解释。我希望男人理解我，相信我。

男人盯着我，还是没有说话。他也没有离开。我知道，男人这么大年纪了，蹬三轮车不容易，5 块钱，对于他来说不算少。可是我真的没有钱，真的给不了他车钱。我知道，他着急，可是，我又何尝不着急呢？我当着男人的面，把几个口袋都翻给他看。真的，口袋里没有钱，就是连一张纸也没有。什么都没有，空的。

男人似乎看到了我的难堪，他终于说道："好吧，我明天来！"然后，男人蹬上三轮车走了。我快步向单位跑去。

第二天早上，我很早就来到单位门前等男人。可是我一直等呀等，直到该上班的时候，男人也没有出现。我不得不去上班。

我一直心神不宁。男人为什么没有出现呢？也许他根本就不相信我，认为我骗他，想赖掉车钱。可是，我真的不是不想给车钱，就只是5块钱，对于我来说，真的不算什么。突然，我拍了一下脑袋，是的，男人肯定是不相信我，因为我既然都到单位门前了，完全可以向同事，或者向门卫借几块钱给他呀。而我，没有那么做，那么，男人凭什么还相信我呢？

我希望遇到男人，我要向他解释，我真的不是不想付车钱，5块钱，不值得我那么做。

第三天早上，我又早早来到单位门前，等着男人。我希望男人出现。我自我安慰，我想男人昨天早上也许走不开，所以没有来成。今天早上，他会来。肯定会来。

果然，男人来了。看到他，我笑了。他看到我，也笑了。我掏出50块钱，我说："真的不好意思，那天早上真的没有带钱！"我一边把钱往男人手里塞，一边又说："不用找了！"男人笑着收了钱，但他还是固执地找了45块钱给我。他说："我知道你那天早上确实没带钱。昨天我没来，是走不开，你肯定等了很久吧？本来，今天早上也不打算来，因为不来，我可能挣个十块八块的。可是又一想，如果我不来的话，你肯定认为我是不相信你，心里肯定很着急，所以我就来了。其实，5块钱，也不算什么，是吧？"男人黑黑的脸上荡满了笑。

我也笑了。是的，如果男人不来，我会认定他不相信我，我会很难受。而且，我想，因为我不付车钱，男人可能不再相信任何人。在此之前，我也被人欺骗过很多次，所以我不敢相信任何人。可是我知道，如果人与人之间没有了信任，那么生活会是一件很糟糕、很痛苦的事。我不想让男人对他人的信任在我这里被破坏，所以，我必须等到男人，把车钱付给他。如果今天等不到男人，我就明天再等；如果明天等不到男人，我就后天再等；我要一直等下去，直到见到男人，把车钱付给他为止。

信任的力量

　　我们一行人从饭店出来，又去茶楼喝茶，从茶楼出来的时候，已经11点了，大家告别后各自回家，我加快了脚步向前走。走到千步胡同的时候，我更是加快了脚步。突然，前面有一个孩子拦住了我，并叫我，姐！我抬头一看，是他，吃了一惊！我说，这么晚了，你怎么在这里？快回家去吧！他说，姐，你借100块钱给我吧！

　　我听了就一惊，他要向我借钱！他是个什么样的孩子，我还不清楚？他跟我住一个大院，平时调皮捣蛋，而且总是小偷小摸的，院子里的人都讨厌他。在哪个学校读书，哪个学校都不要他。去年，他偷别人的钱，被人发现了，打他，结果他从身上掏出刀子来捅别人。而且去年他就曾向我借过50块钱，至今未还，我也没问他要，也没跟他大人说。我怕问他他找我麻烦，反正50块钱也不多，过去就过去了。没想到现在他又要问我借钱，不借，现在是黑夜，我一个弱女子，哪是他的对手？虽然他只有14岁，但他天天打架斗殴，力气挺大，连他父亲都不是他的对手。我只能破财消灾，给他100块钱算了。不给他钱，他要抢，我也没办法，说不定他身上有刀子，最后挨上几刀，那可就惨了！

　　他见我发愣，便说，姐，你是不是不肯借钱给我？他的语气就像一把刀，我不由得感到一阵寒冷。我说，姐不是不肯借钱给你，姐问你借钱去干什么？他说，我一个朋友生病了，我要去看他，可我没有钱。我爸我妈不会给我钱，我知道姐是个热心人，姐，你就借100块钱给我吧！我说，好吧，我就借钱给你！我从口袋里掏出100块钱递给他。

　　他愣了愣，上前接过钱，说，姐，谢谢你！我会还你的！然后他飞快地跑了。我摇了摇头，他拿着钱，能去干什么好事？还我，谁信？我赶紧向家走去。我害怕他觉得我好欺负，突然又杀回来对我说，姐，我想钱不够，你能再借些钱给我吗？那我能反对吗？当然不能！

我跑回家，气喘吁吁，全身都湿透了，像个落汤鸡。

第二天下午下班，一个同事拉着我们几个要好的同事去她家，大家吃了饭，又打牌，结果又是11点钟才回家。回去的时候，我走得很快，我怕再像昨晚那样遇到他，或者遇到像他那样的坏人。走到千步胡同，他突然出现在我面前，我吃了一惊，他想干什么？难道是见我好欺负，又要问我借钱？我掉头跑，是跑不过他的。叫救命，谁来救我？再说，人家还没有对我有任何行动。我不能示弱，于是迎了上去，说，小强，你怎么又在这里？他说，姐，我在这里等你！我听了差点晕倒，他在这里等我，真是盯上我了！我说，你等我干吗，这么晚了都不回家？他说，姐，我还你昨晚的钱！

我听了大吃一惊，盯着他看，心里想，他还我的钱？这怎么可能？他天天都跟不三不四的人在外面吃喝玩乐，天天都泡网吧，弄到了钱不拿去花，会还我？他从身上掏出钱，一把塞到了我的手里，说，姐，钱你拿好！我一看手中，还真是一张百元大钞，他还真还我的钱！谁知道这钱是不是假的？我说，你怎么这么快就还钱？姐又没有催你！他说，姐，对不起！我骗了你！

他这么一说，我一愣，说，你骗我？他说，其实昨晚借钱我并不是去看朋友，我是准备拿去好好吃一顿，然后再去上网。其实我先是准备抢你的，因为我向许多人借钱，包括我爸我妈，可他们都不肯借钱给我，他们都不相信我。当我向你借钱的时候，没想到你一口就答应了，太让我意外了。我知道，你是个好人，你信任我，所以我不能骗你，所以我今天就要把钱还给你。姐，你是唯一信任我的人，要是我再失信，那么就没有人再信任我了！他说着突然哭了起来。

我拉着他的手说，走，回家去！他说，姐，以后我不再干坏事了，我要去读书，我要做个像姐这样的好人。我点了点头。我知道，他这些日子那么坏，都是因为别人把他拉下水的，其实，他以前是个挺好的孩子。我的眼里，突然盈满了泪水。我根本就没有信任过他，我借钱给他是因为我惧怕他，我也根本就没有想过让他还钱，这只不过是他的一个误会而已，他信以为真了，竟因为我的信任而一下子反省自己，改变了自己。

信任的力量是无价的、巨大的。信任可以让人变得美好起来。

终点与起点

他冲楼外的警察叫道："你们让开，不然我就杀了她！"他手里有人质，是一位老人。他的手上拿着刀子，紧紧地贴在老人的脖子上。只要警察敢上前一步，他就一刀杀了老人。

走到这一步，他也是迫不得已。跟着老板干了 3 年，平时，老板只管吃管住，再给 100 块零用钱，就再不发一分钱，说等将来一起结账。谁知老板后来却跑了。他找了 3 天也不见人，气极了，又没钱，看到一个人从银行取了几万块钱出来，于是就对那个人下了手。那个人根本没有防备，装钱的包被他夺走了。

他钻进人群，狂奔起来。那个人没有追上他，只得掏手机打电话报了警。没想到他还没有离开这座城市就让警察给缠上了，不得已，他只好抓了一个老人来做人质。

果然，警察不敢贸然上前了，他们真怕他对老人下手。但警察向他喊话，说："你已经被我们包围了，把刀放下，放了老人，我们会对你从宽处理！否则，我们就开枪了！"他的手颤抖起来。他何尝愿意死？他没想到会弄成这样。他抢钱，只不过是为了找回自己的几万块钱而已。

他想，我能放下刀吗？一放下，还不得被你们打死！他把刀子贴在老人的脖子上，心里"咚咚"直跳。家里，他还有母亲，还有妻子和儿子。他不能死，不能放下刀子！

这时，老人对他说："我知道你是个好人，你走到这一步，也是迫不得已。你不能一错再错，把刀子放下吧，你得为自己和你的家人好好想想！"他说："是的，我是迫不得已，可我把刀子放下了，我还能活吗？我抢钱了，还要杀人了！"老人说："我的儿子以前爱赌博，后米输了钱，就去抢了别人十几万，还砍伤了人，最后也弄得像你现在这样，抓了人质与警察对抗，但最后他放下刀子，向警察投降。现在，他已经出来上班了，完全变了个人，对谁都好，老板非常器重他。"他说："是吗？"老人说："是的。每个人都会犯错，有的错大，有的错小，只要肯改，一切都不晚，晚的是死不悔改。你现在不是走到了终点，而是处于一个新的起点。现在，能救你的只有你自己。你放下刀子，就会是一个新的开始。我想将来你会比我儿子过得更好！"

他说："好吧，我听你的！"然后他放了老人，放下刀子，向警察走去，伸出了自己的双手。

3 年后，他从监狱出来，经过打听，他找到了那位老人。他要感谢老人，因为在这 3 年里，老人经常来看他，把他当作自己的亲人一样看待。老人见到他，很高兴，说："你现在开始新生活了，要好好过日子！"他说："我能见见您那位儿子吗？"老人叹口气，说道："他死了。他没有像你放下刀子，而是刺进了人质的胸口。"

他听了，跪在地上，说："老人家，谢谢您！以后，我就是您的儿子，我来养您！是您给了我一个起点！"

爱是唯一的解释

女人哭起来，男人也哭起来。男人和女人在城里找儿子找了大半天，见人就问，却一无所获。有人劝男人和女人说，别着急，慢慢找，会找着的！还能找着吗？失踪了？还是遇难了？或者是在废墟里等待着救援？谁也说不清楚。

那时候，男人和女人刚走出门，地震就来临了。他们赶紧拉着手跑到大街上，惊魂未定，只见那周围的房屋都剧烈摇晃起来，接着就"哗哗哗"地往下倒。尘土飞扬，天昏地暗，男人和女人吓得抱成一团，瑟瑟发抖，心"咚咚"直跳，他们怕呀，怕天翻怕地覆。等到周围都静下来了，他们才敢睁开眼睛看。他们看到的是一片片废墟，看到的是一个个失魂落魄、奔跑呼叫的人。

男人和女人相互看看，同时说，我们的儿子！儿子在哪里呢？男人和女人赶紧找。找了半天，到天黑了，他们一无所获。他们只能哭。

夜里，男人和女人都睡不着。他们抱在一起，还在发抖。他们的心很冷很冷。现在，他们无家可归了，更重要的是，他们的儿子不见了。他们不敢肯定儿子是生是死，但他们想，是凶多吉少。

女人想起儿子就又哭起来。女人说，要是没了儿子，我也不活了！男人说，不会的，不会的，儿子没事，没事，明天，明天我们继续找，会找到的！女人说，他一个孩子，能跑到哪里去呢？男人说，真的，你不要灰心，儿子肯定没事的，儿子那么聪明，他肯定是在某一个地方和别人在一起。只要我们继续找，就能找到他。女人说，发生这么可怕的事，他一个孩子，肯定怕得不得了！女人一直哭。男人也悄悄地掉眼泪。男人也拿不准儿子到底是生是死。

第二天上午，男人和女人继续找儿子。男人和女人逢人便问，你看到一个长得高高大大，脸很胖，嘴角有颗痣，穿一套 T 恤衫的五六岁的孩子了吗？被问的人说，没看见，没看见。每问一次，男人和女人就失望一次。没有人知道儿子的下落，这说明儿子很可能已经遇难了。要是没有遇难，总该有人见到过他吧。其实，就算没有遇难，谁都慌慌张张的，谁能去注意一个孩子呀。可是，男人和女人却没有想到这一层。

下午，男人说，我想去参加救援！女人一惊，你要去当志愿者，那我们的儿子呢？就不找他了吗？男人说，也许，也许我们的儿子已经遇难了。女人一听就哭，你就想着遇难了，就不想找了。就是死了，也要给我把他找出来！男人说，可是，可是还有许许多多的人需要救援，我们应该把精力拿去帮助那些需要帮助的人。女人没有说话。男人又说，我们的儿子没了，但还有许许多多的孩子需要父母的关心和帮助，也许他们就在废墟中等待着自己的父母去救他们。我们是父母，我们去爱他们吧！别人的孩子，也是孩子呀！女人终于含着泪点了点头。她也知道，再找自己的儿子，也只是浪费精力而已。如果把这些精力拿去帮助别人，那么，也许在救人中能得到一点点安慰。

男人和女人都去当了志愿者，他们去帮助那些需要帮助的人。并且，他们还参与到救援行动中。他们成功地从废墟里救出了一人，在那个人不住地感谢声中，他们喜极而泣。在那时候，他们居然忘记了自己的儿子。

又来到一片废墟里，男人和女人听到了呼救声，他们跑了过去，他们见不到对方，但他们从呼救声中判断那是一个孩子。他们说，你别怕，我们来救你，你保持安静！然后，又过来一些人帮忙。十几分钟后，他们看到了那个孩子。男人和女孩不由得笑了，那个孩子竟然就是他们的儿子。儿子看到他们就哭起来，爸爸，妈妈，救我！男人和女人安慰儿子说，别怕，别怕，我们救你！又十几分钟后，他们的儿子成功救出。他们的儿子只是受了点轻伤。男人和女人抱住儿子，三个人哭了，又笑了。

后来，女人说，多亏我们当了志愿者，要不我们怎么可能救出我们的儿子呢？男人说，是呀，不当志愿者，我们就是跑遍整个城，也不可能找到儿子！说了，他们又笑，他们觉得，他们太幸运了。

是的，他们太幸运了。有人说他们把爱献给别人，他们付出了自己的爱，所以他们就有了收获，才让他们意外地救出了他们的儿子。因为，爱是从来不会辜负那些付出爱的人。

敲醒生命

　　孟力在大街上逛，他已经逛了好几条街了，也没有买到自己满意的东西。孟力想买裙子，再过一个月，孟力就要结婚了，他准备送一条裙子给女友姗姗。许多店里都有裙子，但孟力就是看不上。孟力没想到自己的眼光突然之间变得这么挑剔。

　　孟力走进了一家大型的服装店，孟力直奔那一排裙子。突然，地面颤动起来，孟力的身子摇晃起来，头也有点晕了，这不是坐汽车坐飞机，出事了，他转身准备往外跑，然而已经迟了，整个屋子都塌了下来。这个世界一时之间天昏地暗。孟力被倒塌下来的水泥板和砖头埋住了，他听到四周都是倒塌的声音，四周都是惨叫以及呼救声。

　　怎么会这样？怎么会这样？孟力睁开眼睛，看到的是一身的水泥板和砖头。透过缝隙，他还能看到一丝亮光。他知道，这是发生地震了。一切都好像是一场梦一样，太突然了。这样的事，以前只是在电视电影中见到，现在，却降临到了他的身上。他想，姗姗还好吗？父亲和母亲还好吗？

　　孟力想活，想活着出去。孟力动了动，可是，一身的砖头和水泥板，让他不能移动分毫。而且一动全身就感到特别的痛。孟力知道，自己受伤了，而且是伤得很重。越是动，情况可能会越糟糕。

　　孟力努力地镇静下来，现在，他只能等待救援。肯定还有人没事，肯定有人来救他。静下来的孟力这时听到砖对面有人在哭泣，是一个女人在哭泣。孟力说："不要害怕，不要害怕，你受伤了吗？"女人没想到旁边居然有人，便止了哭，说："受伤了，似乎很严重，动弹不得……"孟力说："那就别动……我们会得救的……现在，我们别说话……"孟力说得很吃力，他感到自己成了奄奄一息的人。女人说："好，我们不说话……我们每隔一段时间就用手敲砖头……"孟力说："好……那证明我们活着……"女人没有说话了，女人说话也很吃力。现在，他们最重要的就是要保持体能，等待救援人员。

几分钟后，孟力听到对面传来三声敲击砖头的声音，孟力挪了挪活动的左手，也敲了三下砖头。孟力知道，现在，他和女人之间敲击砖头的三声，是鼓励，鼓励对方活下去，同时，也是证明，证明自己还活着。孟力没想到自己和一个陌生人在突然之间会有着这么大的联系，似乎他活着，女人就活着。或者说，女人活着，他也才能活着。孟力想，以后，只要能活着出去，就把当她姐姐。孟力笑了笑，心想，人家愿意吗？

每隔几分钟，孟力就和女人敲三下砖头。虽然孟力和女人都看不见对方，但他们都知道，就在自己的旁边，有一个人，跟自己一样身处绝境需要信心，需要帮助。孟力和女人敲击着砖头，一次次地鼓励对方，一次次地证明自己还活着，给对方希望。可是，时间一点点过去，天黑了，救援人员还是没有出现。孟力不禁担忧起来，还有人安然无恙吗？会有人来救我们吗？一切都只能等待。

漫长地黑暗，漫长地等待。不知什么时候，孟力竟然睡着了。睁开眼睛，孟力想起对面的那个女人，孟力一惊，糟糕！孟力叫起来："你没事吧？""没事，你也没事……"女人的声音充满喜悦。活着，的确值得庆幸。孟力这才松了一口气。依然是隔几分钟，孟力和女人就会敲击三下砖头。

时间继续过去，疼痛不断加重，孟力感到自己越来越没精神，每一次敲击砖头，都得用尽全身的力气，而敲击砖头的声音，却一次比一次小许多。可是，救援人员一直没有出现。

天又黑了下来，孟力想，看来是没有人来救我们了。孟力开始绝望了。眼睛里，孟力挤出几滴泪来。这时，孟力听到三声微弱的声音，女人敲击砖头了。孟力没有伸手。接着，又传来三声敲击砖头的声音。孟力知道，女人在等待他的回应。假如他不回应女人的话，女人肯定会认为他已经死了。他一个男人都不能坚持住，那么，她一个女人，又岂能坚持住？如果自己真死了，那么她肯定也会绝望的！她一个女人都能坚持，自己一个男人，又有什么不能坚持的？同时，孟力突然感到自己有了责任，自己活着，才能给女人以希望。自己的生命已经不再只是自己的了。把她当姐姐，就不能放弃她，那么，也就不能放弃自己，就要为她而活下去。孟力于是也伸手敲击了三下砖头，他的脸上不禁露出一丝笑来，他感到自己成为一个真正的男人。

孟力的信心重新燃烧起来。孟力没有睡觉，他真怕自己睡过了头。他努力地保持镇定，保持清醒。

也许是半夜吧，孟力听到了人声，还有人高呼："有人吗？有人吗？"孟力看到了希望，他振作精神，然后叫起来："我们在这儿……我们在这儿……""我们知道了，你们别动，我们来救你们！"

孟力没有动，他等待着。孟力伸手敲了敲三下砖头，接着女人回应了他三声，孟力笑了，她还活着！

孟力身上的砖头被一点点地除去，他看到了救他的人是部队的官兵，他笑了。接着，他还看到了对面的女人，他对女人笑了笑，女人也对他笑了笑。然后，女人轻轻地说："谢谢你……没有你……我活不到现在……每当我绝望的时候……我就想……对面还有一个人……我不能死……如果我死了……他也会绝望而死……是你的存在……给了我活下去的希望……"孟力笑着说："我也是这样想的呀！"

给对方以希望，同时也是在给自己希望。孟力和女人敲响的不只是坚硬的砖头，他们还敲醒了宝贵的生命。他们在敲醒了别人生命的同时，也敲醒了自己的生命。

世上最高贵的捐献

广场上，人来人往，人们争先恐后地在为四川地震灾区捐钱、捐物、献爱心。广场的主席台上，堆满了一包包的衣物。正中间的几个捐款箱，也装满了纸币。而前来献爱心的人，依然络绎不绝。

这时，一位母亲带着孩子也来到了捐款箱前，孩子看到有一个孩子也向捐款箱里投纸币，孩子就对母亲说，妈，我要献爱心！母亲说，好呀！说着，母亲上前将手中的纸币投进了捐款箱。孩子说，可是我没有钱呀！我可以捐别的东西吗？母亲说，可以，只要是他们需要的东西，我们都可以捐！孩子说，那么，我就把我们的房子捐给他们，好吗？母亲看着孩子说，不行，房子不能捐！孩子说，为什么不能捐呢？他们的房子都倒了，把我们的房子捐给他们，他们就有地方住了。妈妈，你是不是舍不得捐房子？我们不是有两套房子吗？把房子捐了，我们就去爸爸那里住。母亲说，房子是不能捐的！

孩子听了母亲的话，特别失望，他说，那我可以把你捐给灾区的小朋友吗？他们失去了妈妈，他们需要妈妈。母亲笑了笑，说，把我捐出去了，你就没有妈妈了呀，你真愿意捐妈妈吗？孩子说，愿意。说着，孩子就哭了。母亲说，你怎么了？孩子说，其实，我是舍不得捐献妈妈，可是我知道，他们比我更需要妈妈。捐了妈妈，我还有爸爸！孩子把自己的妈妈捐献了，所以才这么伤心地哭了。母亲擦着孩子的眼泪说，别哭了，妈妈不能捐！

孩子看着母亲说，他们不要妈妈？母亲说，妈妈是人，是不能捐献的，并且，他们不会要我。孩子笑了笑，可他又哭了起来。母亲说，你又怎么了？孩子说，什么都不能捐，那我怎么献爱心呀？孩子一脸的眼泪，孩子是多么想献爱心呀。

母亲也为难了，母亲想了想，掏出 10 块钱给孩子，说，你拿钱去捐吧！孩子说，可是这钱不是我的呀，献爱心，不是要拿自己最宝贵的东西捐给他们吗？母亲说，是呀！他们就特别需要钱！孩子说，你不是捐钱了吗？那么多人都捐了钱，我想，他们可能不需要钱了，他们需要……哦，他们需要孩子。他们的孩子被倒下来的房子埋住了，他们真的需要孩子。妈妈，我要把自己捐给他们，那样他们就有孩子了，就不会伤心了。

母亲吃了一惊，连忙说，不行，不行！你不能捐！孩子说，我知道，妈妈你爱我，舍不得我，可是，他们如此伤心，他们更需要孩子！母亲说，我不是跟你说过了吗？人是不能捐的！孩子不解地说，为什么人就是不能捐呀？人不是最宝贵的吗？把我捐给他们，他们肯定会感到很快乐！

母亲说，不，得到你，他们不但不会快乐，反而会更伤心，看到你，他们就会想到自己死去的孩子！孩子伤心地说，这么说，我不是什么都不能捐了吗？旁边的一位工作人员说，小朋友，你已经捐献了你的爱心！孩子说，对，我捐我的爱心！孩子伸出双手放到胸前掏了掏，然后捧着双手小心翼翼地走到捐款箱前，双手倾斜，接着孩子就跳了起来。孩子高兴地说，我把我的心捐给了他们。我的心里有我的爱，他们得到我的爱肯定会很快乐！

见证一切的许多人都感动得流下了眼泪。面对这场特大的灾难，大家奉献的只是一点点小小的关爱和同情，而这个孩子，他捐献的却是自己的整个世界。他的捐献，摸不着看不见，但他捐献的却是自己最宝贵的的东西，他的捐献是世上最高贵的捐献。

挽　救

男孩早早地就来小巷深处拐弯的地方蹲着。男孩准备今晚干一场了。男孩喜欢上网，可他没有钱了，叫母亲给钱，母亲又不肯给。其实，不是母亲不想给，实在是没钱给他。男孩的家里很穷，他的父亲又死得早，全靠母亲支撑着这个家。要拿点钱出来，真是不容易。男孩的学费也是东拼西凑才弄来的。叫母亲拿钱来上网，肯定是没钱给了。男孩当然不是对母亲说要钱上网，要是母亲知道了他在上网，那她一定很伤心。

如今是深冬，虽然没有下雨，可还是很冷。都晚上 10 点钟了，小巷还是有三三两两的人经过。男孩不由得埋怨起来，怎么还这么多人呀？

男孩感到很冷，他站了起来，来回地走着。男孩只能再等下去，等到晚一点，见到单身的女人才可以行动。

男孩摸了摸裤袋里的匕首，有点得意地说，今晚就全靠你了！

三三两两的人走来，三三两两的人走去，时间一点点过去了。

男孩心烦意乱，来回地走着，他想，想不到干这个还挺难呀！

终于，没有人经过这条小巷了，男孩知道很晚了。

男孩知道只要有单身的女人经过，就可以行动了。

这时，从前面传来了高脚鞋击地的声音，男孩看了过去，看到一个提着皮包的女人向他走来。男孩心中一喜，终于有人上门来了！就是她了！

男孩忍住心中的激动，他得等待女人走到面前了才出其不意地行动。男孩不怕女人看见自己，因为这条小巷的灯光不太亮，即使面对面也看不清楚人的面貌。这也是男孩选这小巷行动的原因之一。

女人越来越近，越来越近。男孩还是像刚才一样若无其事地来回走着，他的手却紧紧地捏着匕首，准备随时行动。

女人竟突然走到男孩面前来了。男孩一时呆住了，竟没有掏出匕首来，他怔怔地看着女人。

女人看着男孩，说道：这么晚了，怎么还不回家？

男孩撒谎惯了，随口撒谎道：我在这里等我妈妈！

女人说：这么晚了还等你妈妈！

男孩说：我妈妈在纺织厂上班，今晚加班，我在这里等她好接她回家！

女人说：你真是个好孩子！我的孩子要是有你这么乖就好了，唉……

男孩说：你的孩子不听话吗？

女人说：他，唉，他喜欢上网，我出来找他找到现在，跑了十几个网吧，也没有找着他，不知道他又跑到哪个网吧去了。这网络游戏可真是害人呀！

男孩说：城里网吧这么多，你找不着他的！你不用找他了！

女人说：唉，他是我的孩子，我不能不找。你真是个好孩子，你等你妈妈到前面去等吧。前面有家羊肉汤小店，还没有关门，去那里等你就不会这么冷了！

男孩说：我知道了！

女人打开皮包，掏出5块钱来，递到男孩面前：拿去喝碗羊肉汤，暖暖身子！

男孩摇摇头：我不要！

女人硬是把钱塞到了男孩的衣袋里，说：去喝碗羊肉汤吧，别在这里冷着了。冷着了你妈要为你担心！

女人说完看了一眼男孩就走了。

男孩望着女人走远了，从裤袋里掏出了匕首，扔到了小巷的水沟里，然后向前走去。

男孩到了羊肉汤小店，对老板说：还有羊肉汤吗？

老板笑着说：有呢！

男孩说：来5块钱的羊肉汤，你找个不要的碗给我装着，我要带回家！

老板说：行！然后老板就找了个碗给男孩盛了一碗羊肉汤。

就在男孩端着羊肉汤回家的时候，那个给他钱的女人也走出了小巷，她叹息道：今晚在小巷里的这个孩子已经是第 25 个了。我真没想到有这么多孩子都会这样。我的孩子当初为了上网，没钱就去抢钱，还杀死了人……我不能让这些孩子步我孩子的后尘，明晚我还得来这小巷走一趟……

最美是善良

　　每座城市都有乞丐，每条街道都有乞丐。每天出门都要遇见乞丐，有的乞丐坐在街边，望着行人，等待行人的施舍；有的乞丐却拦住行人，伸出双手，给钱就让路，不给钱就不让路；有的乞丐会吹吹笛子，唱唱歌，虽是乞丐，有点像艺人。有的是真乞丐；有的是假乞丐；有的是穷乞丐；有的是富乞丐。缺手的、断腿的、全身浮肿的，见得多了，人心就麻木了，就不再伸手掏钱了。

　　他是一个真乞丐，断了腿，每天都来街头行乞。他每天都会拿出笛子来吹，笛声吸引行人的注意，以便得到更多的施舍。他的笛声很动人，真的吸引了不少行人的注意，开始的几天，他每天都有不错的收入。可是几天之后，行人难得掏钱包了。尽管他的笛声悲伤，可是，还是没有人在他面前停留下来。

　　这天黄昏，他还坐在那里吹着笛子，一点也没有离开的意思。我下楼来到他面前，他的搪瓷碗里只有几块钱，于是我掏出 5 块钱放进去，我对他说，你该回家了！他停止吹笛子，他说，我是该回家了！他收起了笛子，对不远处的一个小男孩招手说，小朋友，你过来！

　　那个小男孩，我认识，也是一个乞丐，时常拦截行人乞讨，很讨人厌，据说他曾趁人不备抢过钱包。只要认识这个小男孩的人都不会给他钱，只要他胆敢上前拦截，就会对他拳脚相加。因为这样，小男孩不再拦截，规矩了许多，每天都坐在街边，可怜巴巴地望着行人。有时人们可怜他，给他钱，有时狠狠心，一分都不给。小男孩的日子，很是可怜。

　　小男孩见他叫他，起了身，但是却没走过来。他又招手说，你过来，过来！小男孩终于走了过来，他颤抖着，不知道叫他干什么。他从搪瓷碗里捡起我刚才给的那 5 块钱，递向小男孩说，给你，拿着！小男孩一时愣住了，没有伸手接钱。他说，你拿着啊！他将钱塞进小男孩手里，又说，饿了吧，快去吃点东西！

我对他说，你怎么给他钱？你也不容易啊！他笑了，说道，我是不容易，可是我会吹笛子，我的收入比他多。他今天一无所获，比我更可怜，给他几块钱，他就不会饿肚子了。听了他这话，我对他肃然起敬。他难得的收入，不多的收入，完全可以独自好好吃一顿，可是他却慷慨地给了小男孩一半的收入。在他眼里，有一个人因为自己不饿肚子，那么自己委屈一点，算不了什么。

小男孩捏着钱，没有跑开，却突然"哇"的一声哭了起来。我和他都一愣，吓了一跳。他问小男孩，你怎么了？是不是有人欺负你了？小男孩摇摇头说，我偷了你的钱！他一惊，你偷了我的钱？小男孩点着头，哭诉着自己的罪行。

这些日子，小男孩发现他的收入比较多，就打起了他的主意，天天都守在他旁边，晚上也跟他做邻居，几天下来，小男孩终于发现了他的小金库。那是他积蓄了多年的钱，也就300多块，全装在一个小布袋里。晚上，他将小布袋放在被窝里，白天，他将小布袋放在桥墩的石缝里。今天早上，他一离开住所，小男孩就偷偷去拿走了他的小布袋。

小男孩颤抖着从衣袋里掏出那个小布袋，递向他说，钱，我都还给你！你对我这么好，我不能偷走你的钱，不能让你难受！他接了小布袋，说道，你是个好孩子！往后，你就跟着我吧，我教你吹笛子！好不好？小男孩抹着泪水，使劲地点头。

他将小布袋放进衣袋，用双手撑着地，慢慢地向前移。小男孩走在他旁边，替他拿笛子。他们说着什么，不时传来一阵笑声。

我站在那里，目送着他们远去。我觉得我给他5块钱实在太少太少，而他给我的，太多太多。他教我对比自己可怜的人给予最大的帮助；教我原谅伤害自己的人，并帮助他走向美好的明天。那一刻，我觉得人世间最美的是善良，而他，是人世间最美的人。

母亲的报摊

母亲退休后闲着无聊就在小城的西华街摆了一个小小的报摊。原来一个月还能赚到四五百块钱，可是最近城里设了十几个报刊亭，报摊的生意急速下降，一个月只能赚到百来块钱了。赚不到钱，城里的其他报摊都没摆了，就只母亲还摆。我劝过母亲几次，无用，她坚持要摆。

那天晚上，我又对母亲说："妈，我看你那报摊不要摆了，赚不了多少钱，一天还要守十几个小时，没意思！"母亲说："钱是赚不到，可是还得摆下去！"我说："为什么还得摆下去呢？"母亲说："杨老师你认识吧？"我说："认识，认识，他以前是我们学校的老师呢！"母亲说："他是我报摊的常客，他天天都要拄着拐杖来买我的报纸，我要是不摆了，他就买不到报纸了！"

我感到奇怪，问母亲："他怎么会买不到报纸呢？现在城里到处都是报刊亭了，什么报纸都有卖！"母亲说："这我知道，可杨老师要买的《中国文化报》别处就没有，全城就只有我这儿才有。我要是不摆报摊了，他到哪里买去？再说，他拄着拐杖出来买报纸多辛苦，要是到别处去买日报，那就得走更远的路了！万一不小心摔了一跤，那还了得！"

哦，原来母亲还要摆报摊是为了方便杨老师买报纸，是为了让杨老师买到《中国文化报》。母亲是个善良的人，我知道我劝不了她，就不再劝了。母亲说："最近杨老师没来买报纸了，每次都是他的孙子来给他买日报和《中国文化报》，不知道他怎么了？是不是不能走路了？"母亲倒是挺关心杨老师的，毕竟人家是跟母亲买了好几年报纸的老主顾呀！

有一天，我在街上碰到杨老师的儿子小杨，我便问他："你爸还好吧？最近他没到我妈的报摊买报纸了！"小杨叹了一口气，说道："唉，我爸他死了……"我一惊："死了？"小杨说："死了一个多月了，他是出来买报纸下楼时摔死的！"我更吃惊了，说道："可是你儿子一直都还来我妈的报摊买报纸……"

小杨一笑，说道："那是我爸临终时交代的，他说你妈摆个报摊不容易，赚不了多少钱，要让我们一直去买她的报纸。他还说《中国文化报》他要是不买，就没人买，你妈就卖不出去……"我感慨地说："你爸真是个善良的人……"小杨说："他真的是很善良。其实，我爸早在半年前眼睛就看不清东西了，可他还坚持买你妈的报纸，他说你妈的生意不好，他得照顾她……"我听了这话就说不出话了。

两个善良的人，两个近乎愚蠢的人，要是他们不再坚持，不再善良，你们就都能解脱了，杨老师他也就不会摔死。

我回家把杨老师已死一个多月，并在半年前就看不清东西的消息告诉母亲，母亲一听就哭了，嘴里连连说："是我害了他，是我害了他……"

第二天，母亲的报摊消失了。

陪　聊

　　我和丈夫突然都失了业，生活一下子拮据起来。那天，我去了职业介绍所，为了生存，我不挑工作，只要能挣钱就行，可是却没有适合我干的工作。回家的时候，我无精打采，好像得了大病一样。

　　在菜市场，我遇到同学李大姐，她问我怎么了，是不是病了，我告诉她说，我失业了。她便问我，愿不愿意去当陪聊。原来李大姐上班忙，没有时间陪她母亲说话，她母亲有病在身，成天待在家里，一个人很无聊，就想找个人聊聊天。说实话，我不喜欢这份工作，跟一个素不相识的老太太聊天，是一件很无聊的事。不过想着每小时有 10 块钱的报酬，我还是答应了。然后李大姐给了我一把她家的钥匙，让我每天上午去她家，陪她母亲聊两个小时。

　　这天上午，我来到李大姐家里，她母亲一个人躺在床上，正无聊得很，见我到来，她便笑了起来。然后，我和老太太聊了起来。老太太喜欢的话题，我都能聊，原本说只聊两个小时的，不知不觉，竟然聊了三个多小时。走的时候，老太太塞给我 40 块钱，说是报酬，我惶恐地接过，心里乐滋滋的。原来我在工厂上班的时候，每天从早到晚忙个不停，一天也才不过挣 30 块钱。我原本以为陪聊是一件很累人的事，想不到这么轻松，还这么来钱。走出门的时候，我清楚地知道，我爱上了陪聊这个工作。我想，要是每天能多跟几个老太太聊聊天，那不就能得到更多的报酬吗？

　　那天下午，我又去了职业介绍所，问有没有需要陪聊的，介绍所的大姐摇了摇头，对我说："陪聊的要求很高，你不适合的！"我告诉大姐我现在就有一份陪聊的工作，她竟然不相信，以为我骗她。

　　虽然我只有一个陪聊的老太太，但每天至少能得到 20 块钱的报酬，也足够一家的生活费了。我天天跟老太太谈得开心，忘记了失业的痛苦，反倒生活得比原来更愉快了。

很快，半个月就那么过去了，丈夫也找到了一份在建筑工地打工的工作，虽然辛苦，但他很满意。

这天下午，我在街上闲逛，路过汽车站门口的时候，我看到了李大姐的母亲——我陪聊的那个老太太，她竟然摆了一个擦鞋摊在那里，替来来往往的人擦皮鞋。看到她精神十足的样子，我傻眼了，她不是不能行动的吗？怎么还能这么有精神地替人擦皮鞋？她能出门，还用得着请我陪聊？

我走了过去，老太太突然看到我，一下子就呆住了。好一会儿，老太太望着我说："你怎么来了？"我说："你怎么还能出门，这到底是怎么一回事？"老太太看着我，终于说道："你跟我女儿是同学，她见你失业了，生活困难，就想帮你一把，她想直接给你一点钱，怕你不肯接受，于是就要我装病不能行动，让你来陪聊。"我听了，惊讶得说不出话来。

其实，我早就找到工作了，一个朋友介绍我到棉纺厂上班，一个月1000块钱。不过，我想着李大姐的母亲无聊，需要人照顾，再加上跟她聊了半个月，也有了感情，于是就舍去了工作，天天去陪她聊天。这事，我当然没有告诉老太太。

要是老太太和李大姐不是想着为了我，老太太也就用不着装病，用不着擦皮鞋来付我的报酬。要是我不是想着老太太无聊，我就有了一份工作。因为善良，我们都犯了一个错误。

第二天，老太太还出来擦皮鞋，在她旁边，还有我的一个鞋摊。老太太是怕我放不下面子，来陪我擦皮鞋，给我打气的。

爸　爸

　　男人刚走进商场二楼的时候，灾难就突然发生了。房屋没有任何征兆地就突然剧烈摇晃起来，商场里的人一时慌了神，大呼小叫的，纷纷往外跑。男人给女人和孩子们让路，他跑在了后面。显然，已经来不久了，房屋摇了摇就倒塌了下来。一瞬间，就将男人和几个跑在最后的人掩埋了。男人只感到全身突然一阵剧痛，头也晕乎乎的。

　　男人的身上，被砖头重重地压着，动弹不得。男人听到外面有人呼叫，有人哭泣，有人说地震了，男人还听到许多房屋倒塌的声音。很久过后，外面静了许多。男人叫起来，有人吗？救救我！男人尽了最大的努力呼喊，却没有人回答他。男人有些绝望。如果男人没有受重伤的话，压在他身上的那些砖头也许根本就难不倒他，可现在他的身上有很重的伤，动一动就很痛，要靠自己从那些砖头下爬出来，不可能。

　　男人突然听到一个孩子哭泣的声音，孩子就在他旁边不远处，可是男人却看不见孩子，男人说，别哭，别哭……孩子听到男人的声音就说，爸爸，是你吗？男人这才想起刚才跑的时候，他旁边有一个男人拉着一个孩子也在跑，显然被埋住的这个孩子就是那个孩子。男人说，是的，是爸爸！

　　孩子哭着说，爸爸，我好怕！男人说，别怕，有爸爸在！孩子说，爸爸，你在哪儿呀？我看不见你！男人说，爸爸就在你旁边，别怕啊！孩子说，爸爸，救我！男人说，爸爸会救你的，你别怕，有爸爸在！孩子说，爸爸，你是不是也受伤了？男人说，是的，所以你要坚持一下，爸爸暂时不能动，等爸爸能动了，就来救你！孩子说，好，我不怕了，我不哭了！果然，孩子不哭了。

　　过了一会儿，孩子说，爸爸，你好些了吗？男人说，好些了，但还不能动，你坚持一下，要像个男子汉！孩子说，我好痛，我是不是要死了？男人说，不会的，有爸爸在，你要坚持啊！孩子说，爸爸，我坚持！男人说，这就对了，要像个男子汉！以后，我带你去北京看奥运会，好吗？孩子高兴地说，爸爸，你答应带我去看奥运会了，太好了！孩子又说，爸爸，你以前不是不同意我们去看奥运会的吗？男人说，现在，我决定去看啦！孩子说，妈妈会同意吗？男人说，会的！她也喜欢看，我们一家人都去！孩子说，那爷爷奶奶也去吗？男人说，都去，都去！孩子说，爸爸，我们坐汽车还是坐火车去北京？男人说，不坐汽车，也不坐火车……孩子说，爸爸，那我们不是要走路去吗？男人说，我带你坐飞机，好不好？孩子笑了，说，太好了！男人说，要我带你去北京看奥运会，还有一个条件，就是你现在必须像个男子汉，不许哭，坚持等爸爸来救你，你能答应爸爸吗？孩子说，爸爸，我答应你！男人说，好，那从现在开始，我们都不要说话，好好休息，等爸爸养足了精神就来救你！孩子说，好！男人松了一口气。

男人什么时候睡着了，他都不知道。醒来，他看到一丝亮光，他知道，是第二天了。男人赶紧叫起来，儿子，你醒了吗？孩子说，爸爸，我醒了，爸爸，你能来救我了吗？男人松了一口气，说，爸爸还是有点困难，你再坚持一下，好吗？孩子说，好，爸爸，我等你。可是，可是我饿了……男人说，你再坚持一会儿，等会儿爸爸带你去买好多好吃的东西！孩子说，我想还是回家让妈妈做饭给我们吃！男人说，好呀！你想吃什么，就让妈妈做什么！孩子说，妈妈怎么不来找我们呀？男人说，她肯定在找我们，可是她不知道我们在这儿呀！现在，我们别说话，等妈妈来了，我们叫她，她就能救我们！孩子听了，没再说话了。

时间一点点向前，余震却在继续。每一次大地颤动，男人和孩子都会哼几声，但他们都不说话。

天又黑下来了，男人和孩子还没来得及睡着，就被人声惊醒了。孩子说，爸爸，有人来了！男人说，说不定是妈妈带人来救我们了。然后，男人人声叫起来，我们在这儿，我们在这儿！接着，就有许多人跑了过来。

十几分钟后，男人和孩子都露出了脑袋。孩子看到男人吃了一惊，因为男人并不是他的爸爸。男人冲孩子一笑，说，没事了，没事了，别怕！孩子也冲男人一笑，还冲男人叫起来，爸爸！爸爸！！……

最后一束康乃馨

天刚亮，年轻的鞋匠就来到了中心街的街头。那儿来来往往的行人很多，鞋匠每天都能擦上 10 多双鞋子，都能挣上 10 多块钱。鞋匠刚把自己的家伙摆好，就来了一个孩子。孩子背来一背篓花，在鞋匠旁边放下了。鞋匠知道，那花是康乃馨。鞋匠心想，你那花又吃不得，能好卖吗？

这时，一个男人经过，没有找鞋匠擦鞋，却走到孩子面前问道："这花多少钱一束？"孩子说："8 块钱！"鞋匠一听，连忙眨眼，这花还这么贵！谁知男人连价钱也没还，就选了一束康乃馨，然后掏钱给了孩子。

男人走后，又一个男人走来，又买了孩子一束康乃馨。等买花的人走后，鞋匠羡慕地对孩子说："你的花可真好卖呀！"孩子笑着说："今天是母亲节，许多人都要买康乃馨送给母亲！"鞋匠听了才知道这天是个节日。他知道节日生意就好。他想，今天自己的生意也该很好吧！

走来走去的人都向孩子买康乃馨。在人们眼里，好像就只有卖康乃馨的孩子，没有鞋匠似的。孩子的康乃馨都卖出去半背篓了，可鞋匠才只擦到了两双鞋子，只收入了 2 块钱。鞋匠不由得埋怨起自己来，我咋这么笨，就没想到卖康乃馨呢?! 鞋匠盯着孩子，盯着孩子的康乃馨，眼睛里燃起一团火，他嫉妒孩子，他恨不得把孩子的康乃馨抢过来。要是那些康乃馨是自己的，那自己该赚多少钱呀！只卖一个上午就能顶一个月！这想法在鞋匠心里转悠着，折磨着他。

鞋匠越是眼红，孩子的康乃馨就越是好卖。人们都只注意到孩子的红色康乃馨去了，谁都不把鞋匠放在眼里，找鞋匠擦鞋的人竟比往常少。都 12 点过了，上班的人都下班了，可鞋匠一上午就只擦到了 4 双鞋子，就只挣到了 4 块钱。

鞋匠恨孩子，鞋匠后悔早上没把孩子赶走。要是孩子来的时候就告诉他这里不准卖花，那自己的生意准好。可现在要赶人家走，已经迟了。鞋匠看了一眼孩子的背篓，更来气了，孩子就只剩下最后一束康乃馨了。鞋匠嘴里悄悄地骂了一句："真他妈好卖呀！"

不知怎么的，孩子的最后这一束康乃馨却无人问津了。该买的要买的都买了，就是想买的，见只有最后一束康乃馨，没有选择的余地，又嫌它是别人买了剩下的，看一眼就摇头走了。孩子对过往的行人叫道："买康乃馨哟，送给母亲的好礼物，只有最后一束了，只卖5块钱，只卖5块钱！"听了孩子这话，人们连看也不看了。鞋匠听了暗暗好笑，心里说，真是笨，你一说只有最后一束，谁还买呀！不过，鞋匠就希望孩子这么叫下去，看他怎么把最后一束康乃馨卖出去！

时间一点点过去，孩子的康乃馨已经不如早上新鲜了，过往的行人也稀少了。每一个行人经过，孩子就会叫道："买康乃馨哟，送给母亲的好礼物，只有最后一束了，只卖5块钱，只卖5块钱！"可行人瞧也不瞧就走过去了。

没有人买孩子的那束康乃馨，孩子就急了，急得像热锅上的蚂蚁一样，围着他的背篓团团转。鞋匠看了不由得意起来了，他终于忍不住对孩子说道："现在没人买花了，你的花卖不出去了！"孩子着急地说："我要把它卖出去！叔叔，现在什么时候了？"鞋匠没有表，鞋匠说："应该有1点钟了吧！""啊！都1点钟了！"孩子一听就叫起来，"我妈还等我回家去给她做饭吃！"鞋匠说："你出来卖花，你妈还要你回去做饭给她吃，她怎么……"孩子说："我妈有病，而且瘫痪在床上，动不了，家里没有别人，我要是不做饭给妈吃，她就会饿。今天卖花赚到的钱，我还要拿去给她买药！"

鞋匠没想到孩子是这么苦，他深深自责。这时，一个男人在鞋匠面前的椅子上坐下来，鞋匠赶紧拿家伙擦鞋。鞋匠擦鞋的时候对孩子说："你的这束康乃馨，我要了！"孩子听了就笑了："好，我就卖给你！"孩子说着就从背篓里捡出康乃馨送到了鞋匠面前，鞋匠接过康乃馨，赶紧掏钱给了孩子。孩子接过钱，冲鞋匠笑笑："我先走了！"然后孩子背上背篓一跳一跳地去了。鞋匠见了就笑了。

鞋匠很快就把男人的鞋子擦好了，男人掏出一块钱给了鞋匠。鞋匠拿起康乃馨，送到男人面前说："送给你，拿去给你母亲吧！"男人一愣：

"你刚才不是花钱买的吗，怎么不要？"鞋匠笑着说："我母亲早在半年就去世了，我是想让他早点回家，才买下的！"男人笑了，男人说："我要了！"男人接过康乃馨，然后掏出 5 块钱塞到了鞋匠手里。鞋匠说："我不要钱，我送你……"男人说："你花钱买的，我怎么能白要？"男人说完放下钱就走了。

男人走出这条街后，把康乃馨放到街边显眼的一块石头上，他想谁要谁就捡去。男人没有母亲，他的母亲在他出生时就去世了。

 # 病房歌声

女人不想住院，可医生却非要女人住下不可。医生说要是不住下，出了问题再后悔，到时候可别怪他。女人不想住院，是舍不得花钱。要是女人早几天来医院，病就轻得多，根本就不需要住院。女人担心不住院加重了病情，到时候只怕要花更多的钱，于是住了下来。

女人走进病房的时候，病房里只有一个人。那是一个病人，一个女孩，她躺在床上，一动不动，好像她的病挺重。女人爬上自己的床，她躺在床上休息，她很累。她从乡下坐车一路颠簸，下了车又走了半个小时的路，再加上有病，她真是累坏了。

护士来了，她给女人打吊针，她让女人安心养病。女人怎么能安心？女人家里有孩子，有鸡、猪、鸭，女人担心啊！家里是有老人，可是老人能照顾得了吗？能照顾得好吗？女人想还是别管他们了，先管好自己再说吧。自己好了，才能回家去照顾他们。

女人看女孩，女孩一直沉默，一直望着窗外。窗外有树，有阳光，窗外的世界真好。女人想，她肯定躺了很久，很想出去看看、走走。女人看到女孩床边的柜子上放着各种水果和营养品，还有两束鲜花。女人就有些羡慕，女人想要是有人给自己送水果送营养品送鲜花，那自己该多快乐啊！

当然不会有人给女人送水果，送营养品，送鲜花来，没有人知道她病了，没有人知道她住院了。哪怕就是有人知道了，他们也不可能给她送来东西，因为她家穷，将来报答不了他们。女人很伤心，她想哪怕就是生病，还是做富人好啊！

可不是嘛，医生，还有护士，不时地进病房来看看女孩，他们对女人，却不闻不问，好像她不是他们的病人。女人真的很生气，很想问问

医生和护士怎么不关心关心她。可是她不敢问，怕得罪了他们。得罪了他们，要是让她多住一天院，那可要多花不少钱，就太冤了。

不久，又来了一群人，是来看女孩的，给女孩送来水果、营养品、鲜花。一起进来的还有女孩的父母，他们忙着招呼大家。一阵热闹过后，人们离去，女孩的父母送大家离开。病房里又静了下来。

女人的心里一阵难过。她多想有人来看望她，哪怕不给她任何东西，她也高兴。

突然，女孩对女人说："阿姨，我想听歌，行吗?"女人没想到女孩这么客气，想听歌还征求她的意见，她看着女孩乞求的眼光，笑着说："你听吧! 其实，我很喜欢听歌。"然后，女孩拿起手机按起来，接着，歌声响起，整个病房不再沉闷，变得阳光起来。女孩微笑着听歌，女人也微笑着听歌。

平日里，在家里有事没事，女人都打开电视听歌。女人不会唱，但喜欢听。听着听着，女人就感到自己是在家里，孩子、老人、鸡呀猪什么的都在她眼前晃来晃去。女人忘记了痛，忘记了病，女人的脸上荡漾着笑。

那天，女人愉快地度过了一个下午。晚上，女人也是听着歌声入睡。

第二天一早，女孩又打开手机放音乐。女人想有手机真好，想听歌就听歌。女人想等男人过年回来了，也叫他给自己买个手机。那样，就是在地里干活的时候，也可以听歌，多好啊!

那天中午，医生来看女人，他告诉女人她恢复得很好，只要把最后一瓶点滴吊完就可以回家调理了。女人笑了，她知道，她恢复得好与歌声有关。是那些歌声，给了她好心情和好精神。

不久，女孩的父母和护士来将女孩推出了病房。女人不知道女孩怎么了。

女人打完吊针的时候，她叫来了护士，她问护士女孩怎么突然走了，护士叹息着说："她的病更重了，转到省城去了。"女人叹息着说："真可怜! 女人为女孩感到担心。"护士说："是啊，真可怜! 她是个聋子，这次弄不好，又得弄个残疾!"

女人吃了一惊："你说什么，她是个聋子?"护士说："是啊! 你跟她一个病房，难道你还不知道吗?"

女人真的一点也不知道，她突然想到女孩听歌的事，这才明白，原来，那些歌都是放给她听的。不用说，女孩知道她一个人的孤单与落寞，才放音乐让她快乐，让她精神。原来，在最阴暗的日子里，自己并不孤单，并不无助，也有一个人在默默地关心自己，给自己以歌声。女人想到这里，眼睛一下子就湿润了，有两行泪，在她脸上轻轻滑落。

不幸的人，善良的心

　　城里人多，垃圾也多，捡垃圾的人也就多。捡垃圾的人随处可见，有大人、有小孩子、有男人、也有女人。在平常人眼里，垃圾讨人厌，可是在捡垃圾的人眼里，垃圾就是宝贝；就是希望；就是幸福。每一个捡垃圾的人都有自己的地盘。有了自己的地盘，就可以捡到更多的垃圾，就可以卖到更多的钱，就可以过得更幸福。垃圾库就是捡垃圾的人的地盘。

　　小区很大，外面有一个垃圾库，垃圾库里每天都被小区的人扔满了垃圾。这个垃圾库是属于一个老人的地盘。老人已经捡了多年的垃圾，但老人至今还在捡垃圾，想来他定是为生活所逼，不能退休吧。城里比他年轻的老人都早就退休了，成天喝茶、钓鱼、打牌。好在老人有这个地盘。这个垃圾库几乎每天都能让他有不少的收获，人们扔有不少的废纸、纯净水瓶子。这些东西，哪一样都是宝贝。

　　尽管老人有地盘，但他还是担心有人抢他的地盘，抢他的宝贝，几乎每天一早和一晚他都要来垃圾库看一看，翻一翻。这里的人扔垃圾没有规律，有人早上扔；有人晚上扔；几乎每次老人来都有收获。老人背上的背篓，总是满满当当，老人的背驼了，脸上却堆满了笑容。在人们眼里不幸的老人，辛苦的老人，却也有他的快乐，他的满足。

　　一天黄昏，小区门外来了一个中年男人，他是一个残疾人，他没有双腿，好在他有双手，他用双手走路。男人走得摇摇晃晃，让人见了顿生怜惜。男人并非一无所长，他来到小区门外坐了下来，从背上的包袱里掏出一支笛子，动情地吹了起来。笛声悠扬，小区门口进进出出的人都围了上来听，一边听，一边议论。有人说男人吹得好，有人说男人真可怜。说过之后，人们开始掏钱包，纷纷上前一块两块五块地给男人钱。

男人看看给钱的人们，冲人们眨眨眼睛，点头表示谢意。很快，男人面前的纸盒子里就铺上了一层钱。

男人的笛声吸引了正在垃圾库捡垃圾的老人。老人听听笛声，翻翻垃圾。翻翻垃圾，听听笛声。一个人来扔垃圾，老人问他那边发生什么事了，扔垃圾的人告诉老人说一个残疾人在吹笛子，说他很可怜，说人们都给他钱。老人听了一怔，然后他加快了手里的动作，捡了废纸，捡了瓶子，然后背上背篓，快步来到了小区门口。

老人看到那里围了一圈子人，便挤过去，人们还没有见到老人，就先闻到了那股臭味，不由自主地让开一条道来。老人便看见了坐在地上吹笛子的男人，老人的心就一酸，就叹息，他觉得男人真可怜，年纪轻轻就成了残疾人，只能乞讨为生。老人掏口袋，掏出一块钱，走向男人，然后，他弯腰将钱放进男人面前的纸盒子。

老人退两步，转身，走回原来的位置。老人没有急于离开，他还要多看两眼男人，这是一个不幸的男人，他需要人们的关注。如果大家都急着离开，他没有听众，他会难堪的。

男人吹完一曲，又吹第二曲，第三曲，一曲比一曲悲伤，一曲比一曲动人。男人像是在诉说自己的辛酸与不幸，人们听得湿了眼睛。

老人也湿了眼睛，他看看男人，再看看自己，自己好手好脚，比男人幸运得多，于是他再一次掏口袋，他掏出五块钱，走到男人面前，弯腰将钱放进了男人面前的纸盒子。男人一愣，他停止了吹笛，他对老人说："谢谢您！谢谢您！"男人很感动，也很激动。他没有想到，一个捡垃圾的人，并且还是一个老人，居然会第二次给他钱，并且还是 5 块钱。5 块钱，对他而言，是一笔小财，是一顿晚餐；对捡垃圾为生的老人而言，那同样是一笔小财，同样是一顿晚餐。

老人冲男人笑笑，他说："你吹得好，吹得好听！"老人不想让男人觉得他是在可怜他，同情他，他要让男人知道，他吹得好，他理应得到更多的报酬。

老人退两步，转身向前走。这时，男人放下笛子，收起纸盒子，用双手快速前进，他赶上老人，拦住了老人的去路。老人愣住了。男人举起六块钱，说："您的钱，还是您拿着吧！我知道，您也不容易！"老人再一次愣住了。男人见老人不接钱，他硬是将钱塞进了老人的手里，他说："谢谢您！您的那份心意，我领了！"老人捏着钱，不知道说什么才好。然后，老人蹲下身子，他握住了男人的手，他再一次湿了眼睛。还没有离开的人们见到这一幕，也再一次湿了眼睛。

男人、老人，他们都是不幸的人，都是卑微的人，却都有着一颗善良的心。因为这颗善良的心，他们不再卑微，他们变得伟大与高贵，并让人敬仰不止。

捡废品的老人

　　父亲退休后喜欢待在家里。父亲订了许多份报纸，每天，他在家里一边喝茶，一边看报纸，十分悠闲。父亲将看过的报纸存放在一边，等到多些的时候便拿去当废品卖掉，换来的钱他又买回茶叶泡水喝。然而，近些日子，父亲却将看过的报纸扔进了垃圾袋。而垃圾袋，父亲并不急于扔到街上的垃圾桶，总是放在门外的角落里。这样的结果是每次垃圾袋都被人打开，报纸被人拿走，垃圾却常常洒落一地。我们这个院落没有门卫，捡废品的人时常背着背篓进进出出，不用说，是他们干的好事。

　　我提醒父亲报纸可以卖钱，别扔掉，便宜了那些捡废品的人。父亲告诉我来小区捡废品的一直是一个老人，他将报纸放进垃圾袋，就是希望老人捡去。父亲说老人捡废品不容易，自己不缺那几个茶钱，就给他换几个钱，改善一下生活吧。既然父亲是一片好心，于是我便建议他将报纸存起来，等上十天半月扔一次，这样，垃圾不用天天放在门口影响环境。父亲摇摇头，他说老人是在捡废品，不是乞丐，要是十天半月扔一次报纸，他肯定会认为我们是在施舍，说不定会拒绝，会感到难堪。父亲想得周到，说得在理，我依了父亲。

　　一天下午，我正要出门，听见门外有声音，便没有急于开门，而是从猫眼往外看，却只看到一个背篓。但是不久，我就看到一个瘦弱的老人站起来，然后他提着一个蛇皮袋，慢慢地上楼去了。过了一会儿，我打开门，垃圾袋里的报纸不见了，是老人捡走的。还好，这次地上没有垃圾，垃圾袋也系得好好的。看来，以前洒落一地垃圾，并非老人故意，甚至并非老人所为。

　　那天，父亲将一袋核桃粉放进垃圾袋，我见了赶紧捡起来，一看，没过期，便问父亲这是怎么回事。父亲说老人不容易，就给他吃吧。父亲不缺营养品，既然他愿意给老人，我只好将核桃粉放进了垃圾袋。父亲又将报纸放进垃圾袋，打开门，然后将垃圾袋放在了门外的角落里。

半个小时后，门铃响了，我去打开门，是捡废品的老人，他的手里举着那袋核桃粉，笑眯眯地问："这是你们扔的吧？"我点点头。他说："还没过期呢，能吃，咋就扔了呢？"他将核桃粉递到我面前，示意我拿着。

这时，父亲走过来说："是我扔的。我经常吃，都吃腻了，难吃极了，不想吃了，您捡到了，就拿去吃吧！"老人笑眯眯地说："这么贵重的东西，我咋好意思收下呢？"父亲说："反正是您捡来的，又不是我送您的，咋就不好收下呢？"老人这才笑着缩回了手，将核桃粉放进了蛇皮袋。随即他说："谢谢你们！"然后，他提着蛇皮袋慢吞吞地上楼，脚上那双破旧的也不知是捡的谁的鞋子发出"啪啪啪"的声音，响在整个楼道里。

两天后的下午，门铃响起，我去打开门，是捡废品的老人。我问他："有事吗？"老人笑着说："给您鸡蛋！"说着他将一个布袋往我手里塞。我没接："您给我鸡蛋干啥？"老人笑眯眯地说："我收了您们的核桃粉，没啥给您们的，好在家里有些土鸡蛋。您就收下吧！"老人上前一步，将布袋往我手里塞。我担心鸡蛋掉地上，只好接了。然后我掏钱要给老人，他一见钱就躲，嘴里说："我咋能要钱？我又不是卖鸡蛋的！"说着，他快步往楼下跑去，我只好作罢。

不久，父亲回来，我将老人送土鸡蛋的事告诉他，父亲听了说："唉，原本想送他点营养品补补身子，没想到他给咱送的才是真正的营养品啊！好人啊！"父亲叹息不已，"往后，咱家里有不想要的东西，都送给他吧！人家心里有咱，咱心里也得有人家！"

老人的确是个好人，他收下了核桃粉，却以一袋鸡蛋相送。只有好人，才能知恩图报。也只有好人，才能得到更多更大的帮助。

一个老人的天堂

老人已年近七旬，但老人还天天捡垃圾。老人捡垃圾，已近 10 年。20 年前，老人的儿子儿媳外出打工，从此音信全无。10 年前，老人从乡下来到城里，租了一间房子，从此在城里住了下来，开始每天早出晚归地捡垃圾。

人们都讨厌垃圾，也讨厌捡垃圾的人，因为捡垃圾的人又脏又臭，但老人却不脏，也不臭。每天老人的衣服都干干净净，每天老人都会换一身衣服。如果不是老人背上背着一个背篓，手里拿着一根铁钩，没有人会把她当做是捡垃圾的。

城里人不把废纸和各种饮料瓶当回事，可是老人却把它们当做宝贝，她每天都在垃圾库里翻宝贝。老人所住的小巷子周围就有几个垃圾库，每个垃圾库都有不少宝贝，老人每天的收获都不少。然而，老人的一日三餐却极其简单，馒头稀饭咸菜。这样简单的三餐，老人却百吃不厌。老人把钱存着干吗呢？是她嫌挣的钱少，不敢乱花，怕老了没依靠？

人们看不过去，决定帮助老人，于是附近的人便经常将原本打算卖的报纸什么的送给老人。没想到，老人收了人们的废品，隔天就提几个水果或者鸡蛋上门表示感谢。人们要是不收，老人反而不高兴，便只好收下。这样一来，人们对老人更加尊敬。

小区里的人都觉得老人好，便自发地将家里的废品放在门卫室，让门卫转交给老人。这样一来，老人就不知道是谁给的废品，没法感谢了。

秋日的一个下午，人们发现老人的身后跟着一个 10 来岁的男孩。一问老人，老人说那是她的孙子。这么说来，是老人的儿子儿媳回来了，还给她带回来了孙子。大家都替老人高兴，心想老人的苦日子算是熬出头了。

后来，男孩还是将钱还给了老人。

再后来，人们看到男孩背着个背篓，拿着根铁钩捡垃圾。男孩说他要捡垃圾挣钱，说要买吃的、穿的给奶奶。

有一天，男孩的父母来到老人门前，双双跪倒，泪流满面。原来，他们是来感谢老人，因为是老人的善良让他们的儿子改邪归正，从此不再调皮捣蛋，好好做人。更重要的是，他们是来求老人原谅他们，因为他们就是老人的儿子儿媳，他们已经回来多年，因为怕赡养老人这笔大开支，便拒绝上门认她。老人原谅了他们，并将自己多年的积蓄交给他们，希望他们过上好日子。

老人的儿子儿媳面对善良的老人，不由号啕大哭。他们将老人接回了家。从此，老人告别了垃圾，开始了新生活。每隔几天，人们就会看到老人一家四口有说有笑地进城逛街。

一颗善良的心，让世间充满阳光，所有的邪与恶都为之俯首。一颗善良的心，造就了一个天堂。

 # 永不分离的爱

男人和女人是一对恩爱而幸福的夫妻，周围的男男女女都羡慕他们。每天早上，他们一起出门上班；晚上，他们一起手牵手散步；周末，他们手牵手逛商场逛超市逛菜市，他们买回对方喜欢的衣服和对方喜欢的食物。然而，就是这样的一对夫妻，却突然离婚了。

离婚，是女人提出来的。是女人爱上别人了吗？当然不是！那是男人爱上别人了吗？当然也不是！那是为什么呢？一切都是因为男人。

那天，男人突然晕倒。女人把男人送到医院，医生给男人检查后很遗憾地告诉他们，男人得了罕见的疾病，需要动手术。只有动手术，才能活几十年。男人和女人都吃了一惊，他们问医生："动手术危险吗？"医生说："当然危险，这种的手术，以往世界上的成功率都非常的低。"男人问："如果不动手术呢，我能活多久？"医生说："也就几年吧。不动手术，这病随时都会发作，而且长期都得服药。不过，我劝你还是动手术，因为现在我们的条件好多了，经验也丰富多了，成功率也大大增加。"

男人和女人回家，两人一路默默不语。这可怎么办呢？动手术吗？可是万一失败……那么就不动手术吧，可是不动手术长期都得服药，而且还只能活几年。到底怎么办呢？回到家里，两人沉默了很久，这个打击，对他们太大。终于，女人对男人说："还是动手术吧……"男人立即摇头，他说："不，我不动手术，我怕，我怕你明白吗？"男人怕，女人又何尝不怕呢？女人说："可是如果不动手术的话，你活不久！"男人说："我宁愿活不久，也不愿意立即死去。"男人是怕死，但男人更怕离开女人。男人的心里话，他没说。他怕的是自己死了，没有人比他更爱女人，他想活一天就好好爱一天女人，所以，他不愿意动手术。

男人不愿意动手术，女人就很生气，说他是胆小鬼。女人还说她不想跟一个将要死去的病人生活在一起，说这太可怕了。女人说她不爱他了。女人提出了离婚。男人不答应行吗？自己有什么理由挽留她呢？男人只好跟女人离了婚。

离婚那天，女人依然在家里为男人做饭，为男人洗衣饭，打扫家里的卫生，吃过饭，她收拾好自己的衣物，然后开门离开。好像他们不是离婚了，好像女人只是出一趟远门，很快就会回来。男人倚着门框目送着女人下楼。然后，他的泪水夺眶而出。他爱女人，可他还是失去了女人。

男人和女人突然离婚，周围的人知道女人是因为男人的疾病才离的，都说一日夫妻百日恩，女人丢下男人不管，说走就走，太没良心了。

女人离开的那两天，男人的情绪都很低落。他爱女人，他舍不得女人，可是又有什么办法呢？自己是一个走向死亡的病人。除非他不是病人，不是病人，女人肯定会回到他身边。

男人走进医院，对医生说他要动手术。医生说："你不怕了？"男人说："不怕了！"男人真的不怕了，以前，他担心手术失败了，女人经不起打击，可是现在女人已经跟他离婚了，女人不在乎他了，就算他真的出了事，女人也不会伤心。而且，一旦成功，那么，他就可能重新赢得女人。

尽管男人嘴里说不怕，可是他心里还是担心。在手术之前，他写了遗嘱，说他死了，所有的财产都交给女人。

然后，男人轻松地进入手术室，躺在了手术台上。医院用了最好的医生为男人做手术，他们都是国内外有名的专家，有着丰富的经验。最终，男人的手术非常成功。

昏迷的男人醒过来的时候，他已在病房里，他睁开眼睛看到的，不是医生护士；不是他的父母；也不是他的亲友，而是女人。女人的眼睛红红的，脸上还带着泪痕，显然她哭过。

男人冲女人笑笑，他说："谢谢你来看我，我很好。"女人叫他别说话，女人说她是来照顾他的。在以后的日子里，女人喂男人吃药；喂男人营养品；给男人洗脸洗手。白天，她给男人讲故事；晚上，男人睡着了，她却醒着，一刻都不敢闭眼，她怕男人突然醒来有什么需要；她怕男人突然出会什么意外。

男人住了半个月的院，女人就在男人的病床边守了半个月。在这半个月里，女人瘦了一大圈。

男人出院，女人护送他回家。回到家里，男人问女人："你为什么这么辛苦地照顾我，值吗?"女人说："我照顾你是应该的，因为你是我丈夫!"男人吃了一惊，他说："过去我是你丈夫，可现在我们不是已经离婚了吗?"女人说："是离婚了，但那是做给你看的。在我的心里，从来就没有离婚。"

男人盯着女人，他很是不解。女人说："我让你动手术，可是你却不愿意，你怕。我知道，你是怕手术失败，怕我经不起打击。所以，我就跟你离婚。我知道，跟你离了婚，你以为我不在乎你了，而你又想赢回我，你才会去做手术。其实，我也怕，我也怕失去你。但是我想，医生说得对，以前这种手术的成功率低，可是现在医疗条件更好了，医生也更有经验了，成功率更高了。与其坐以待毙，不如勇敢地去接受治疗……"

男人笑了，他的心思，女人了如指掌。只因为她是自己的女人吗?不! 还因为她爱他，爱得那么深，才细细地洞悉他心里的秘密。

女人洞悉了男人心里的秘密，所以，她跟他离婚了。但她对男人的爱，就像男人对她的爱一样，从未远离。因为爱，她不得不这么做。暂时的离开，是为了更好地爱。

世上的爱没有千千万万，只有一种，那就是为了你，我愿意付出一切，包括你的误解，包括别人的冷嘲热讽，甚至包括自己的生命。

 # 两万个吻

男人和女人在城里打拼多年，终于有了一套属于自己的房子，男人和女人觉得幸福从此开始了。每天，他们一起去上班，出门的时候，他们会在开门前拥抱亲吻；下班回到家里，他们一见面也会拥抱亲吻。在男人和女人看来，拥抱亲吻是最美好的事，也是最幸福的事。

许多邻居都说男人和女人是幸福的一对，都非常地羡慕他们。可是，天有不测风云，人有旦夕祸福。在一个早上，女人醒来突然尖叫起来："我的眼睛怎么啦？怎么啦？"女人什么也看不见，哪怕是她最爱的男人。男人听到女人的叫声，说："你怎么啦？"女人说："我的眼睛什么都看不见了……"男人吃了一惊，用手在女人面前晃了晃，女人居然毫无反应，男人的心不由得一沉，身子也抖了几下。然后，男人镇静下来，安慰女人说："没事，没事，我带你去医院看看！"男人帮女人穿好衣服，扶女人下了床，替女人洗脸、穿鞋子，然后，他们去了医院。

医生给女人做了检查，叹息摇头，对男人轻声说："她的眼睛，没救了！"男人说："真的没救了吗？"医生说："真的没救了！"男人说："我不信，我不信！医生，你要救救她，你想想办法吧！"医生再次摇头，惋惜地说："对不起，我真的无能为力！我想，谁都无能为力！"男人吼了起来："我不信，我不信！"男人带着女人回了家，男人对女人说："你别着急，我会找最好的医生治你的眼睛！你的眼睛一定会好起来！"

男人四处打听治眼睛的好医生，男人费了不少工夫，总算打听到了消息。男人赶紧带着女人去看医生。医生对女人的眼睛检查了，也问了许多话，而后对男人说："情形不乐观，但还是有救！"男人急切地说："医生，你快说！"医生说："要治好她的眼睛，得靠你！"男人盯着医生说："靠我？我有什么办法救她？"医生说："只要你吻她的每只眼睛一万

次，她的眼睛就能好起来！"男人睁大眼睛："真的吗？医生！"医生点头说："真的，不骗你！"男人高兴地说："谢谢你！回家我就吻她的眼睛，两万个吻，我几天就能完成……"医生说："一只眼睛每天只能吻十次，早上 5 次，晚上 5 次，否则就不会有效果！"男人吃了一惊，他说："那这不是得 3 年吗？"医生说："是的，得 3 年！你只有坚持，她的眼睛才会好起来！你能坚持吗？"男人说："我能坚持，我能坚持！"然后，男人带着女人回了家。

这天晚上，临睡前，男人真的抱住女人的头，然后轻轻地吻女人的眼睛。男人吻了女人左边的眼睛五次，又吻了女人右边的眼睛五次。男人的吻，让女人流下了眼泪，女人说："以后，你别再吻了，我想医生是骗人的，哪有吻吻就能治好眼睛的道理？"男人说："他治好了那么多人的眼睛，这是他的偏方，我想能行的。你别灰心，你要相信我，我能坚持的。你也要坚持，3 年，就 3 年，你就能重见光明了！"女人想医生治好了那么多人的眼睛，也许这样真的能治好她的眼睛，她便点头说："好吧，就依你，只是每天都得麻烦您了！"

早上，男人再急，他也会吻了女人的眼睛后再出门；晚上，男人再疲惫，他也会吻了女人的眼睛后再睡觉。3 年来，男人从来没有间断过吻女人的眼睛，男人真的希望女人的眼睛好起来。可是，3 年过去了，女人的眼睛却没能好起来，这是为什么呢？男人想，是自己不够诚心吗？自己从来没有马虎过呀！

男人找到当年的那位医生，男人把事情告诉了医生。医生笑了，他说："你真的相信我说的吻了眼睛一万次，眼睛就能好起来？"男人说："我当然相信！我要是不信的话，那我坚持这 3 年干什么呀？"医生说："对不起，别说吻一万次，就是吻十万次，也不能治好她的眼睛，我骗了你，也骗了她！"男人生气了，他跳了起来："你什么医生呀？你这不是害人吗？你知道不知道，你这样一来，就耽误了 3 年的时间，现在，她的眼睛只怕就是神仙也治不好了！你这个庸医，我要去告你……"

医生平静地说："你别生气，听我把话说完。是的，谁也治不好她的眼睛，哪怕就是在 3 年前，也没有谁能够治好她的眼睛。你想想看，她的眼睛失明了，她心里肯定很痛苦，要是我告诉她说治不好，她肯定就会绝望。而我说吻眼睛一万次就有救，这样，她心里就有了希望。3 年的时间，她已经完全习惯了过黑暗的生活，完全调整了自己的心态，再加上你肯早晚为她吻眼睛，这证明你心里还爱着她，不会因为她的眼睛失明而抛弃她，她就会觉得自己还是幸福的，也就不会想不开了，就会好好过日子！"

医生的话，让男人恍然大悟，他赶紧给医生道歉，他说："你是一位伟大的医生，谢谢你！要不是你，我想我的妻子也许已经绝望了！现在，她活得很好！"医生说："要谢，还是谢你自己吧，是你的两万个吻，让她有了好好活着的念头！"

在回家的路上，男人想回到家里他会告诉女人说他做得不够好，还需要两万个吻她的眼睛才能好起来。男人要女人再坚持 3 年，当然，他也会再坚持 3 年。不，其实，男人心里已经决定坚持许许多多年，只要他活一天，他就会坚持一天，就会吻女人的眼睛一次又一次。男人已经知道，女人需要他的吻，哪怕他的吻并不能够治好她的眼睛。

相守一生的爱人

男人是一名司机，他开了 5 年的车，技术很好，可是这一次，因为喝了酒，他出了车祸，不但伤了别人，而且自己也失去了一条腿。男人多年的积蓄，因为这场车祸花得分文不剩。

男人出院那天，女人交给他一根拐杖。看到拐杖，男人泪流满面，今生，他成了一个废人，永远都离不开拐杖。男人想，女人会离开他吗？女人会成为他的拐杖吗？男人怕失去女人。可是，现在的男人，还有什么理由留女人？他能给女人幸福吗？不能。想到女人，男人就心疼。

男人开始自暴自弃，他什么事都不做，成天去打牌，喝酒。每天都是早上出门，半夜才醉醺醺地回来。回来倒头就睡，看也不看女人一眼。

女人看到男人这样子，很心疼，她说她知道他心里不痛快，可是他也不能这样折腾自己啊！男人瞪一眼女人，他说他已经成为废人了，什么也干不了，就喜欢这样。要是女人看不惯，那就离婚得了。女人告诉男人说要离婚也行。可是现在他这么穷，把积蓄都花光了，现在跟他离婚太不值了。她说要等男人有钱了再离婚。她说不能借，只能男人自己挣钱。男人听了一笑，原来女人还想着钱啊，他让女人等着，他说他能为女人挣到钱，挣一大笔钱。

男人找朋友借了一笔钱，然后开了一家餐馆。男人除了会开车，还会炒菜，他炒的菜很好吃，从前就有人建议他开餐馆。现在餐馆一开起来，他使出自己的看家本领，没想到生意特别好。女人也不去工厂上班了，帮着男人打理餐馆。

每天一有空，男人就钻研菜谱。他做的菜越来越好吃，来吃饭的人越来越多，出乎所有人的意料；人们都说这男人真有本事。

一年过去了。那天晚上，男人炒了几个菜，和女人一起吃饭。男人拿出一沓钱告诉女人说是给她的，说他们可以离婚了。女人问男人是多少钱。男人说是5万。女人说太少了。男人说那你想要多少钱。女人说10万吧。男人点点头说好吧。

男人和女人依旧住在一起，没有人知道他们要离婚的事。

每天，男人依旧在厨房忙着炒菜，女人依旧在餐厅忙着招呼客人。生意蒸蒸日上，男人存折上的钱越来越多。钱一多，男人就有些担心，要是女人知道了要更多的钱呢？他会给吗？他想无论女人要多少钱，他都会给，只要他给得起，只要离婚就行。

终于，又一年过去了。那天晚上，男人炒了几个菜，和女人一起吃饭。男人说10万块钱我都给你存好了。男人拿出一本存折。女人接过一看，上面写着她的名字，的确是10万块钱。男人说现在我们可以离婚了吧？女人摇摇头说不行。男人说不是说好了的吗？你到底想怎么样？女人笑着说我要20万才离！男人说你得寸进尺，我不给了，一分都不给了。女人说行啊，不给这婚就不离了。男人说我把餐馆都交给你，再给你5万，行了吧？女人摇摇头说还是不行。男人说你这人怎么这样，你讲不讲道理啊？

看样子，男人生气了。女人说其实我根本就没打算离婚。男人瞪大了眼睛，他说那你啥意思啊？女人说我知道你开始的时候装着自暴自弃的样子，说要离婚，其实是怕连累了我，怕我跟着你苦了一辈子。你心里是爱我的，对不对？

男人惊讶地张大嘴巴，他点了点头，原来女人明白这事啊。女人说可是我怎么能弃你而去呢？我提要给钱才能离婚，其实是为了让你振作起来，让你明白你并不是一个废人，你甚至可以比以前更能挣钱。现在，你挣钱了，能过好日子了，你说我们还用得着离婚吗？

男人笑了，是啊，现在他比以前挣更多的钱，他能让女人过幸福的日子，还有什么理由离婚呢？男人说不离了吧。那一晚，男人和女人都喝醉了。

男人和女人依旧生活在一起，没有人知道，他们曾经谈过离婚的事。人们只知道，他们是一对幸福的夫妻。

每天，男人在厨房忙着炒菜，女人在餐厅忙着招呼客人。每天，男人再忙，再累，他都会专门为女人炒几个菜。男人只想给予女人更多的幸福，只因为女人会陪着他一起走过人生的风风雨雨，是他相守一生的爱人。

我有一个面包

男人和女人正准备出门，房子突然剧烈地摇晃起来，玻璃窗："哗啦啦"直响，接着就往下掉。男人和女人同时叫了一声"不好"，同时说，"快跑"。

男人和女人跑到门口，男人伸手开门，门却怎么也打不开了。男人心想糟糕了。男人说，快，到洗手间躲起来。男人说着就拉了女人往洗手间跑。男人和女人刚踏进洗手间，房屋就塌了下来。男人和女人被埋在了下面。男人和女人痛得惨叫一声，就什么也不知道了。

醒来，男人和女人只能从砖头里伸出一个头来，他们的下半个身子，被水泥板压着，传来一阵阵剧痛。他们看到四周一片废墟，不由得哭了起来。过了一会儿，男人说，别哭，别哭，我们不都还活着吗？女人说，可是我们却动不得呀！我想我的腿是断了！男人说，我的手还可以动一动，不要怕，会有人来救我们的！男人的右手，轻轻地动了动，冲女人一笑。女人苦苦地笑了笑，可是，她的手，却被深埋着，一点都不能动，一动就痛。

男人和女人在废墟里沉默着，注视着，等待着。不时地，大地还抖动一下，压在他们身上的水泥板和砖头抖动一下，男人和女人就会呻吟几声，他们实在痛，实在忍不住。呻吟过后，男人总会安慰女人说，不要怕，坚持一会儿，会有人来救我们！女人什么也不说，一切都只能等待。

黑夜来临了，女人着急了，说，天都黑了，会有人来救我们吗？男人说，会的，出了这么大的事，会有人来的！女人说，我饿了……男人说，坚持一下！女人说，你不饿吗？男人说，现在，我们什么都不要去想，好好休息，好吗？女人说，可是，我真的饿了，你知道，中午我没吃饱！男人知道，中午女人是没吃饱，女人不舒服，只吃了半碗饭。

一会儿，男人说，我有一个面包……女人一喜，你有面包？！男人举着他的右手说，看到了吗？我有一个面包！女人睁大眼睛，看到男人的手中有一团东西，再闻闻，女人真的闻到了面包的香味。女人笑了，说，现在我们一人一半吃了它！男人说，不，现在不能吃！女人说，为什么？男人说，现在还不是最饿的时候，我们得留着它！女人说，给我一点吧，就一片，行吗？男人说，好。

接着男人就打开胶袋，撕了一片面包，然后努力地伸手，女人努力地把嘴巴凑过去，终于，那片面包落到了女人的嘴里！女人咬了几下嘴巴，说，怎么这么难吃！像纸似的！男人说，面包被压扁了！女人不再说话，不停地咬着那片面包，终于，她艰难地吞了下去。然后，女人没有再问男人要面包了，面包太难吃了，况且，还得把它留到最关键的时候才能吃。

男人和女人一夜没有合眼，他们耐心地等待着救援人员。

天亮了，男人和女人在疼痛中迷迷糊糊地睡着了。醒来，已是下午。女人说，怎么还没人来？也许没人来救我们了？男人说，一定会有人来的，我们再坚持一下。女人说，给我一点面包。男人说，再等等吧……女人说，我很饿很饿……男人说，闭上眼睛，我给你一片面包！女人说，你干什么呀？女人到底闭了眼睛。接着，男人把一片面包塞进了女人的嘴里。女人又艰难地咬起面包来。咬了几分钟，女人都咬出了眼泪，终于，她把面包吞了下去。

男人和女人你看着我，我看着你，谁都不说话。每说一句话，他们都感到很难受。并且，只有不说话，才能更好地保持体能。况且，他们只有一个面包，只能在最饿的时候吃一片儿。

黑夜又来了。男人说，如果你饿，我就给你一片面包！女人说，给我一片吧！接着，男人就撕了一片面包给女人。女人就使劲地咬起来，女人咬不出香味，却咬出了自己的眼泪。几分钟，女人才把那片面包吞了下去。可是，她依然感到很饿，但是她没有再要面包了。她知道，只有一个面包，得留着，一点一点地吃。这个面包，是他们所有的食物，是他们的希望。

天又亮了，男人和女人惊醒了，他们听到了狗叫声和人声。男人用力地呼喊，我们在这儿，我们在这儿！接着就有人跑了过来，是部队官兵。男人和女人相视一笑。

　　半个小时后，男人和女人被官兵从倒塌的水泥板下救了出来。接着，女人就笑了，因为她看到了男人旁边的那个面包——那哪是面包？那只是一个面包袋装的一团报纸！

 # 半路夫妻

她和他是半路夫妻，她和他的婚姻，没有人看好。

他爱喝酒，中午要喝，晚上要喝，就是早上也要喝。酒是他的命，不喝就没精神。他喝光了家里的猪；喝光了家里的牛；也喝走了老婆和孩子。一无所有，但他还是喝酒，一天三顿酒一顿也不能少。因此，没有哪个女人愿意嫁给他。

她呢，人们都说她克夫，前两个男人跟她在一起没到一年就死了。于是，没有哪个男人敢娶她，她就带着两个孩子生活，有一顿没一顿地过着。她还年轻，还想嫁个男人，而且还有两个孩子，要是家里没个男人，这个家，她撑不下去。

终于，媒婆把她介绍给了他。媒婆对他说，她克夫，前两个男人都死了。家里没个女人，不像个家，于是他说，我不怕！媒婆也对她说了他，说他爱喝酒，是他最大的毛病，问她愿意不。她点头答应了。于是，她就嫁给了他，他就娶了她。所有的人都不看好他们，大家都说，等着瞧吧，不是她走，就是他被克死。

结婚那天晚上，她问他，你娶我，就不怕死吗？他说，不怕！要是怕，我就不会娶你了！虽然嘴上这么说，但心里还是有些怕。她听了很高兴，说，你不用怕，我不会克死你。其实我的前两个男人都不是被克死的。第一个男人上山砍柴，自己不小心滑下了山。第二天男人喝了酒下河摸鱼，被淹死的。可大家却把罪过扣到我头上。他听了说，原来是这样。他松了一口气。她的心里，也并不轻松，她担心他喝酒喝出事来，到时候别人又会把罪过扣到她的头上。她说，你能不能不再喝酒了？他说，不行，不让我喝酒，那不是要我的命吗？她听了就不说话了。其实，喝酒才可能要他的命呢！只是这话她不敢说出来。

半夜里，她偷偷地起来在他的酒桶里兑了水。她没敢兑太多的水，她怕他喝出来。

第二天一早，他起来就喝酒，像往常一样一杯酒。他没有喝出任何不同。也许他顿顿都喝酒，早就已经麻木了。她看在眼里，喜在心里。

不久，一桶酒就让他喝完了，她去给他买了一桶回来，然后又往里面兑水。这次，她兑的水更多。她想，他上次没有喝出来，这次也应该不会喝出问题来。果然，他没有对酒有任何怀疑，依然是一大口一大口地喝，依然是喝了酒就眉开眼笑。她见了，也高兴。只要他没喝出问题，那么，她就可以一次又一次地往酒里兑水。

后来，她往酒里兑的水越来越多，而他还是没有一点察觉。这样一来，就省了一些钱出来。而他，自从有了她及两个孩子之后，也没有像从前那么懒了，他得养活他们，要不他们就会走。他就去了采石场工作，虽然辛苦，虽然工资不多，但能维持一家人的生活，而且在她的节省下，还省出钱来积蓄着。

几年后，她对他说，孩子也大了，要读书了，你在采石场工作也辛苦，我存了一点钱，我们拿去承包村里的鱼塘吧！他答应了，拿着那笔钱，去承包下了村里的鱼塘。一年下来，他们丰收了，赚了一笔钱。第二年，他们不但养鱼，而且还在鱼塘里养了许多鸭子。

他们的日子越过越红火，当然，孩子也一天比一天大，一天比一天用的钱多，因此，他依然很辛苦。但是，他觉得幸福。而他的酒，也一顿都没有少过。她从不阻挡他喝酒，他知道，那是她爱他的缘故。而他，也不能放弃酒，一顿不沾酒，他就没有精神。

过度的劳累，再加上他长年累月地喝酒，在两个孩子大学毕业找到工作后，他病倒了。她把所有的积蓄拿出来挽救他，但还是没能留住他。

他走的时候，她对他说，我对不起你！他说，是我对不起你，没让你过上好日子。要是我能不喝酒，那该省多少钱出来给你呀！她说，真的是我对不起你！一直以来，我都在你的酒里兑水。娶了我，你就没有喝上一顿好酒！他笑着说，是吗？她说，你一点都不知道，所以我才敢一次又一次地往酒里兑水。他说，那是因为我自己就往酒里兑了水。

她吃了一惊，终于明白他为什么一点也没有察觉出酒有问题了。她说，你为什么那么做呢？酒不是你的命根子吗？他说，我兑水，是希望这样能省一点钱出来给你。同时，我也怕自己喝多了酒出事，那样别人就会说你克死我，就没有哪个男人敢要你了！再说，我也不想早早就离开你！而且如果我去得早了，那你们母子怎么活下去？现在，孩子也工作了，我终于可以放心地走了。她听了就哭了起来，嫁给他，这一辈子是值了。在她的哭声中，他笑着合上了双眼。

爱你五分钟

男人经常迟到，女人也经常迟到。迟到就不能拿全勤奖，还得扣工资，为此，女人苦恼，男人也苦恼。其实，每天早上，男人和女人都7点钟就准时起床，然后随便弄点早饭吃了，就匆匆忙忙下楼骑上自行车去上班。

男人和女人不属于这个城市，他们来这个城市，只是为了挣钱。他们租的房子在城西，这里的房子便宜。男人的工厂，在城北，而女人的工厂，却在城南。他们的工厂离出租屋，都很远。很远就不能在上下班的时候走路，可是，他们不能坐车，早上去上班坐车，下午下班回家也坐车，那一天的公交车钱都得四块，太不划算了。更重要的是，每天的上下班高峰期，总是堵车。所以，他们买了两辆二手自行车，这样，不但能省下一笔车钱，而且他们可以想快就快，想慢就慢。

这天下午，女人一回来就叹气，男人看到女人不高兴的样子，就知道女人又迟到了。男人如果要是慢一分钟，他也会迟到。男人想，怎样才能不迟到呢？男人想过早点起床，可是他做不到，女人也做不到，他们都已经习惯了7点钟准时起床。在他们的床头，摆着一个小闹钟，每天早上7点，闹钟会准时响起。

每次女人迟到了，都会挺伤心，因为迟到就意味着工钱变少了。男人心疼女人，这天晚上，男人一直想帮助女人，终于，男人想到了办法。男人偷偷去将闹钟拨快了五分钟。男人想我们不是7点钟起床的吗？拨快了5分钟，7点钟的时候，其实还不到7点，还多出5分钟，这样一来，哪怕女人在听到闹钟响的时候再在床上伸伸懒腰，哪怕是在路上堵上一两分钟，哪怕是女人骑慢点，也不会迟到。

第二天，在7点钟闹钟响起的时候，尽管男人和女人在床上伸了几个懒腰，尽管他们还在路上堵了一会儿，尽管他们骑得并不快，可是他们却都没有迟到。不但没迟到，还早了好几分钟。男人为此兴奋。男人觉得自己的办法真好。男人不想让女人知道自己的秘密，如果女人知道了，说不定在7点钟的时候，不肯起床呢！下午一回家，男人就赶紧去把闹钟拨慢了5分钟。当然，晚上，他又悄悄地将闹钟拨快5分钟。

因为男人将闹钟拨快了5分钟，他们有了充足的时间，他们再也没有迟到过，接下来的两个月，他和女人都领到了全勤奖。领到全勤奖的女人特别高兴，男人看到女人高兴，也就偷偷地乐，心里说，我的傻瓜，你能领到全勤奖，那是因为我给了你5分钟！

这天下班回家的时候，正好遇上下雨，女人的身体本来就不太好，因为淋了雨，就病倒了，于是就向厂里请了一天假。

男人想请一天假陪女人，可是陪着也不起作用，况且，女人说她只是感冒了，吃点药，睡一觉就没事。尽管明天女人不上班，可是这天晚上，女人却很早就睡下了。男人看了一会儿电视，也上了床。虽然明天女人不去上班，但男人要上班，所以，他还是悄悄地将闹钟拨快了5分钟。

第二天早上，闹钟一响，男人就起了床。男人起床的时候，女人还在睡，女人说她想多睡一会儿。男人告诉女人说想睡就睡吧，反正也不上班。男人随便吃了点东西，就下楼骑上自行车去上班了。路上，男人没有遇到堵车，可是当男人到厂里的时候，他却迟到了。仅仅只是晚了一分钟，可是，他这个月的全勤奖却没有了。男人很沮丧，他想，我怎么会迟到呢？我好像没忘记把闹钟拨快5分钟啊！

下午回到出租屋，尽管男人没有告诉女人他迟到了，可女人还是从男人的脸色看出来了，女人说："你迟到了？"男人点点头："是迟到了！"女人说："今天是这个月的最后一天，你的全勤奖弄没了，都怪我不好……""怎么能怪你呢？"男人盯着女人，"是我自己骑慢了点，要是快一分钟就好了！"女人说："对不起！昨天晚上，因为头晕，因为睡得太早，我忘记了将闹钟给你拨快5分钟……""你说什么？你在拨快闹钟，拨快5分钟？"男人紧盯着女人。

"一直以来，你，还有我，都习惯在7点钟起床，尽管我们都只在床上伸伸懒腰，尽管我们都骑得很快，可是我们还是经常迟到。每次你迟到后就抽烟，就喝酒，就特别痛苦，我心里也不好受。后来，我想怎样才能不迟到呢？早点起床吧？可是我们能做到吗？我们已经习惯了7点钟起床。后来，我就想到了将闹钟拨快5分钟。当7点钟起床的时候，其实还不到7点，快了5分钟，我们有足够的时间应对一切意外。没想到，我的办法还真管用，两个月我们都没迟到过一次……"女人很兴奋地说着，她为自己的聪明感到骄傲与快乐。

男人打断了女人的话："原来如此！我就说今天怎么会迟到呢？"一直以来，男人以为只有自己给了女人5分钟，没想到女人也给了他5分钟。正因为女人也每天给他5分钟，女人才没有发现他的秘密。今天，只因为女人病了，一个小小的忽略，没能给他5分钟，他就迟到了。看来，仅有他的5分钟是不够的。只有女人的5分钟和他的5分钟加在一起，才是有用的5分钟，才是给他们幸福的5分钟。

一个人的付出，是不够的，只有两个人的付出与配合，才能拥有幸福。在婚姻里是如此，在人生的每一个角角落落，也是如此。

两瓶水的幸福

　　这个城市不属于他们，他们只是来挣钱的。男人和女人租了城边最简陋、最便宜的房子。每天，男人去扛包，女人去街头擦鞋；男人的活儿累，女人的活儿轻松；男人挣的钱多，女人挣的钱少。

　　男人扛包，出力，出汗，需要补充水。补充水，就是补充能量。每天，老板都会给男人两瓶纯净水，上午一瓶，下午一瓶。可是，男人却舍不得喝。男人知道这水不便宜，一块钱一瓶。男人把水悄悄藏起来。每当休息的时候，每当口渴的时候，每当别人拧开瓶子喝水的时候，男人就跑到水龙头下面，把嘴巴伸过去，把水管含在嘴里，然后轻轻地扭开开关，让自来水冲进自己的嘴里，冲进肚子。灌满一肚子水的男人然后力气十足，扛着大包走得飞快。男人不想让自己落在别人后面，他怕失去这份工作，尽管这份工作让人瞧不起。

　　晚上回去的时候，男人的两个口袋，一个塞着一瓶水。男人偷偷地溜走，好像贼似的。男人怕老板知道他的水没喝，以后不再给他水了。男人走上大街，急匆匆往出租屋走。女人正做着晚饭，正在门口张望着男人，看到男人，就笑了，赶紧转身回了屋子。

　　男人进门，一手掏一瓶水，往女人面前一放，说给你的。每天老板都给4瓶水，我只喝得了两瓶。每天，男人都这么对女人说。男人的样子很认真，好像老板真的发给他4瓶水，好像他真的只喝得了两瓶水。其实，男人很清楚，每天他喝下去的自来水，恐怕不只4瓶。

　　女人信以为真。女人一手抓一瓶水，全拿走了。女人把水放在一边。每天，女人都会将男人给他的两瓶水放起来，她并不喝，她知道这水不便宜，一块钱一瓶。每天，女人出门都带一瓶自来水。

　　每天，男人都会为女人带两瓶水回来，好像这是他给女人的礼物。

可是，女人都会把它们放起来。一天两瓶，10 天就是 20 瓶，一个月，就是 60 瓶。然后，女人就把它们便宜地卖给外面的小卖部，换回票子。然后，女人拿着票子去买鱼，买肉。当然，女人还不会忘了打酒。然后，女人将鱼和肉变成桌上香喷喷的美味佳肴。

男人回来，一到门口，他就闻到了屋子里飘出来的香味，他就吞一下口水，再吞一下口水。进了门，男人仍旧一手掬一瓶水，往女人面前一放，仍旧说，给你的。每天老板都给 4 瓶水，我只喝得了两瓶。女人听惯了，但女人每次听了都很兴奋，她会抓过瓶子，拿去放好。

男人洗了手，洗了脸出来，女人已经为他倒好了酒。男人看一眼桌子上的酒菜，男人说今天过年啊！女人笑笑，说是呢！当然，女人不会告诉男人他给的水她没喝，这是那些水换来的。男人坐下，喝一口酒，女人说还没吃菜呢！女人夹一块肉给男人。男人用筷子一挡，说你吃吧，你吃吧！但女人还是将肉放在了男人的碗里。

然后，男人谈起他的老板，谈起他的同事，谈起同事给他讲的笑话，但男人唯独不谈那些包有多重，他的腰有多疼。男人一边谈，一边喝酒。男人不谈他的活儿，女人也知道，女人只是不住地叫男人吃菜，不住地给男人夹肉。男人的碗里，一块块肉堆成一座小山。可是男人还是谈过不停。每次吃肉，男人都会谈过不停，好像他有许多话要说，好像他特别兴奋，关不住话匣子。

女人当然明白自己的男人。男人一个劲儿地谈话，就是为了自己少吃肉，让女人多吃点儿。可是女人总是往嘴里塞饭，塞一口饭，再塞一口饭，并不往嘴里塞肉。夹起的肉，她一块块都放在男人的碗里。女人把饭塞得差不多了，就停下筷子，就说街上有人的包被抢了，说街上出车祸了，说街上有人打架了。女人的话也很多，一说起来就没完没了，一说起来就让男人插不上嘴。男人就只好吃菜，夹一块，是肉，再夹一块，还是肉。男人吃得满嘴是油，男人不时向女人点头。男人知道，女人说的有些内容，其实早就说过了。今天再说，只不过是不想让他说话，让他埋头吃饭。

男人将自己碗里的肉吃完，将半碗酒喝下去，再吃下去两大碗米饭，才停下筷子。这时，女人的话也就说完了。不说话的女人，这时麻利地收碗洗碗。男人坐在一边，打着饱嗝，剔除牙齿缝里的肉丝，满脸的幸福。把水弄得"哗哗"响的女人，也是满脸的幸福。由于刚才喝过两口酒，她的脸这时正红着，像是幸福的颜色。

男人给过女人两瓶水，女人又把两瓶水变着法子还给了男人。仅仅只是两瓶水，就换来了两个人的幸福。

为爱奉献的人，永远不会说苦，永远不会叫累，因为，他们最后收获到的，永远都是幸福。

最爱你的吻

男人出车祸后，被及时送到了医院进行抢救。虽然男人被抢救过来了，但是他醒过来后又再一次昏迷。男人再一次被抢救过来，可是他又再一次昏迷。

医生叹息。医生的叹息让女人直流眼泪，她求医生一定要救救男人。医生告诉女人说他们已经尽力了，只是男人不配合，男人好像不愿意自己活下来。女人听了医生的话疑惑了，是医生骗她呢，还是男人真的不想活？也许医生没有骗她，医生一直都在努力，是男人自己不想活，不肯配合医生，以致再次昏迷。可是男人为什么不想活呢？活着不好吗？女人很快就想明白了，男人被截肢了，男人无法接受这样的事实，无法承受这样的打击，觉得自己活着没有了意义，所以他不想活了。想着想着，女人的眼泪越来越汹涌。

男人再一次被医生抢救过来。再一次醒来的男人睁开眼睛，看到了旁边微笑的女人。他冲女人眨眨眼睛，算是打了招呼。女人笑笑，说："你能吻我一下吗？"男人睁大眼睛，他不明白女人为什么突然要他吻她。女人笑笑，解释说："我最爱你的吻，你已经几天没有吻我了，我需要你的吻，你吻我一下，好吗？"女人是乞求的口气，女人似乎特别需要男人的吻，女人似乎是一条正在岸上的鱼，而男人的吻就是她的救命之水。

男人冲女人眨眨眼睛，他同意了。可是他却起不来，于是女人俯下身子，把嘴巴凑到了男人的嘴边。男人微笑着吻了一下女人。女人笑了，抬起头，用舌头舔舔嘴唇，意犹未尽，男人的吻，让她这条濒临死亡的鱼又活过来了。男人笑了。

女人看看男人，有些不好意思，她说："每天，你都给我3个吻，早上一个，中午一个，晚上一个，行吗？你知道吗？我是一条鱼，你的吻就是水!"男人看着女人笑了,女人离不开他的吻,女人需要他的吻,女人真的是最爱他的吻。女人是鱼,他的吻就是水,没有他的吻,女人就得死去。男人眨眨眼睛,表示答应了。女人笑了,转过身,女人流下了眼泪。

这次,男人醒过来,再没有昏迷。医生笑了,给男人用了最好的药,希望男人早日康复出院。

此后的每天早中晚,女人都会主动把嘴巴凑到男人嘴边,等待男人的吻。每次,男人都会给女人一个深深的吻。每次,被男人吻过的女人都会在抬起头后用舌头舔舔嘴唇,一双意犹未尽的样子。男人看到后很满足,其实,男人也意犹未尽,男人想自己应该多吻吻女人。所以后来当女人把嘴巴凑到他嘴边的时候,他就忍不住吻了女人两下。而被吻过两下的女人,就笑得更开心了。男人见女人因为多一个吻而更快乐,再后来,他就抓紧时间,给女人3个或者5个吻。因为男人的吻,女人这条鱼天天都特别快乐。女人的快乐,就是男人的快乐。男人的心情一好,病情也就好得快。

半个月后,男人出院了。

回到家里,女人就忙这忙那,男人看在眼里,急在心里,他什么都帮不了女人。女人忙完后,她在男人身边坐下。男人一把抱住女人,狠狠地吻着她。男人吻够了,才罢手。男人抱歉地说:"我什么都帮不了你,我知道你最爱我的吻,我只能给你——我的吻……"女人听了直笑。男人告诉女人说以前他不知道女人爱他的吻,吻得太少,以后他要给她很多很多吻,让她快快乐乐,开开心心。女人笑着告诉男人说不要太多,太多了她可受不了。男人就问女人说:"你不是最爱我的吻吗?多给你几个吻,你不高兴?"女人用手指戳戳男人的头说:"你还真以为我离不开你的吻啊?你的吻不是水,不是空气,我也不是鱼,傻瓜!"

男人睁大了眼睛,为什么女人就不是鱼了,他的吻就不是水了?男人沉默了一会儿,他明白了,其实,真正的鱼是他,女人需要的吻才是他的救命之水。当时,他的确是不想活了,因为他无法接受残疾的事实,他更怕女人弃他而去,他认为自己活着已经没有了意义。后来,女人告诉他说她最爱他的吻,让他每天给她3个吻,其实是在告诉他:她离不开他,她不会弃他而去。正是因为男人以为女人离不开他,需要他,他认为自己活着还有意义，才坚强地活了下来。

男人把一切都如实告诉了女人，女人笑着对他说："说到底，还是你自己救了自己，你认为我离不开你，认为自己活着有意义，才不再想死了。我的傻瓜啊，是你的爱，让你活了下来。"男人笑了，好像是这样，又好像不是这样。

因为女人的需要，让男人不忍离去；因为男人的爱，让死神望而却步。在那段黑暗的日子里，女人需要的吻，以及男人给女人的吻，让他们的世界充满了爱与光明，让他们糟糕的生活出现奇迹。

爱的跟踪

多格是一名私人侦探。他经营着一家小小的侦探服务所，生意倒是挺不错的，几乎每天都忙，时常忙得几天几夜都不回家，为此，他的妻子玛丽常常生他的气。这天，多格难得有空，他悠闲地坐在服务所里喝着咖啡，等待着需要帮助的人上门。

没多久，一个男人就走进了多格的服务所，男人自我介绍说他叫比尔。多格连忙请比尔入座，说："先生来此，不知有何贵干？"比尔说："听说你是个很出色的侦探，我想让你帮我跟踪一个人。"多格说："出色倒是谈不上，不过，自从我的服务所开张以来，还没有顾客对我的服务不满意的。对于跟踪这样的事，我也干了不下10次了。这事就交给我吧，你放心好了，我保证不会让你失望！"

比尔点了点头，从身上掏出一张相片，递了过来，说："就跟踪她！"多格接过了相片，他不由得一惊，相片上的人居然就是他的妻子玛丽。比尔居然让多格跟踪他的妻子，太让他吃惊了。显然，比尔不知道玛丽就是他的妻子。显然，玛丽有什么重要的事情瞒着自己。多格想，自己经常晚上不在家，玛丽又时常上网，她会不会在网上认识了什么人？肯定是男人吧？她去见他，莫不是她喜欢上他了，天呀！比尔见多格没有说话，就说："侦探先生，你怎么了？有什么困难吗？"多格说："没有，没有！这女人长得还挺好看的！"

多格看着比尔问道："要跟踪她多久？"比尔说："也就5天。"多格说："好的。"比尔说："报酬的事好办。"比尔说着就掏出厚厚一叠钞票放在桌子上，又说："这些钱当作活动经费，等事情完了，我再给你一部分酬金！"多格笑着收下了钱。这些钱，完全足够了。多格说："让我跟踪她，你想知道些什么信息呢？"比尔说："你回来告诉我，她去过哪些地方就行了!"多格说:"好!"比尔说:"从明天一早开始跟踪。明天她可能出行,你也得准备好出行!"比尔交代完一切,离开了服务所。

多格关了服务所的门,有了这笔生意,他不需要再接别人的生意了。这笔生意关系到他的妻子,所以,相对以前的跟踪而言,要困难得多。多格做了精心的准备,并且做了精心的乔装打扮。做完这一切,多格给玛丽打了电话,说他有了生意,很忙,最近几天都不会回家。多格一向忙惯了,玛丽一听就生气地说:"你忙你的吧,我也正好有事要出门。"多格听后心里一沉,玛丽果然要出门。

第二天一早,多格就到离家不远的地方注视着小区的大门。没多久,玛丽提着一个旅行包出来了。玛丽打的,多格也打的跟在后面。玛丽去了车站,多格也去了车站。玛丽上了去旧金山的车,多格也跟了上去。上了车,多格就坐在玛丽后面。虽然玛丽回头看了多格一眼,但玛丽却没有认出他来。不管是头发、脸、胡子,还是身材,多格都做了化妆,完全变成了另外一个人,玛丽当然不会认出他来。对于侦探来说,多格化妆的技巧称得上是一流的。就是玛丽跟他说话,也不用担心,因为他还变换了声音。

一路平安无事,顺利地到达旧金山。玛丽然后去了旅馆,多格也去了旅馆,并且,他还把房间订到了玛丽的隔壁,这样一来,玛丽就不会跟丢了。多格想看看,玛丽来旧金山到底是跟什么人约会。

在进餐的时候,玛丽走到了多格身边,微笑着说:"先生,真巧呀,我们一同坐车来,又一同住进了这里!"多格笑着说:"是呀!"然后玛丽就坐了下来,和多格边聊天边吃饭。玛丽说:"我是来旧金山游玩的,先生,你也是吗?"多格笑着说:"是的,真巧呀!"玛丽说:"我是一个人,你也是一个人,我们正好可以结伴。"那样就太好不过了,多格连忙答应了。多格想,你怎么是一个人呢?你来,不就是要见人的吗?一个人玩,有什么意思?多格耐心地等待着。

多格和玛丽在旧金山一共玩了 3 天,两人都玩得很开心,他们还照了许多相片。多格似乎忘记了自己此行是受人之托来跟踪妻子的,好像他们是一起出来旅游的。在这 3 天里,玛丽没有什么出格的地方,就是找多格玩,多格奇怪了,这玛丽到底在搞什么名堂呀?

3 天后,多格和玛丽一起坐车回到自己的家乡。在车站分别,多格向侦探服务所走去。现在，他有些为难。自己的妻子并没有什么出格的表现，好像没有什么大事发生，只不过去旧金山玩玩而已，可是这怎么向比尔交代呢？他能相信自己的话吗？不过还好，多格手中有大量他和玛丽的相片。这些，足以证明许多事实。

多格在服务所里等了很久，比尔都没有来。倒是玛丽的电话来了，玛丽在电话里说："回家吧，别等了，比尔不会来了。你去旧金山这几天玩得这么开心，也该回家了！"玛丽这话犹如晴天霹雳，太让多格吃惊了。多格想，玛丽怎么知道比尔，怎么知道我去旧金山的事？这么说，玛丽知道我在跟踪她。多格有太多的疑问，于是他赶紧离开服务所回了家。

进了门，多格就问玛丽："我去旧金山的一切事情你都知道？你是怎么知道的？我可没露出什么破绽呀！"玛丽笑着说："这一切，都是我安排的，我当然什么都知道！"多格睁大眼睛看着玛丽，说："一切都是你安排的？你为什么这么做？你知道吗？这样一来，我们浪费了多少钱，还耽误了我多少生意呀？"玛丽说："你就知道生意，就知道钱。一直我都让你陪我去旧金山旅游，可你总是说没有时间，总是说要做生意。没办法，我只好这样做了。让比尔来找你，虽然你知道要跟踪的人是我，但你还是接受了。你接受这笔生意，我想一是因为有钱，再一就是好奇吧？"

多格听了十分生气地说："你呀，简直就是胡闹！"玛丽说："其实，去旅游，也不只是为了我自己，我也是为了你呀！你成天忙于工作，精神紧张，跟着我去旅游，也是为了让你放松一下自己。亲爱的，难道你就没发现你最近瘦了很多吗？我想你是太累了吧！"多格最近确实瘦了不少，而且身体感到有些不舒服。原来玛丽的苦心是为了他。多格上前抱住玛丽，说："亲爱的，谢谢您！下个月，我想我们该去纽约旅游了！"然后，多格给了玛丽一个深情的吻。

相片里的爱

王兵出车祸死了，虽然刘莹得到了一笔不小的赔偿，但是刘莹依然非常痛苦。刘莹和王兵仅仅结婚才两年，王兵经常出车在外，和刘莹在一起的日子非常的少，但是他们的感情却很好，更多的时候，刘莹是在思念中、在煎熬中度过。刘莹担心王兵，只要是说好的日子王兵没有回来，刘莹就会打电话去问王兵。刘莹总是怕王兵出意外，而这次，王兵真的出车祸了。责任不在王兵，在另一个司机，但王兵却为此丢掉了性命。

刘莹没有想到王兵和她会分别得这么快，仅仅才两年呀。其实，刘莹的母亲也曾阻止刘莹跟王兵在一起，那时候，母亲总是对刘莹说，王兵是一个司机，长年出车在外，难免会出车祸，虽然这样王兵很来钱，但你跟了王兵，又能得到多少幸福呢？刘莹义无反顾，刘莹到底嫁给了王兵。可现在，王兵却不辞而别了，把这个世界留给孤零零的刘莹。

每天，刘莹都以泪洗面，母亲怎么安慰刘莹都无济于事。母亲对刘莹说："你是不是后悔嫁给了王兵？不要紧，你还年轻，还有的是好男人！"刘莹听了就说："谁说我后悔了？我从来没有后悔过！我说了要嫁人了吗？"母亲说："怎么，你就想这么一个人过？"刘莹说："是的，我只爱王兵，这辈子，我心里都只有王兵！"母亲叹了口气，没有说话。

刘莹才25岁，怎么能这样过一辈子呢？刘莹还没有孩子，完全可以选择一个好的男人。而事实上，刘莹的身边就有不少优秀的男人，他们都对刘莹有意思。这些日子，他们都来帮助她，安慰她，只是刘莹却没有把谁放在眼里。

刘莹一天比一天消瘦，大家都为她担心。那一天，母亲的脸色很不好看。刘莹问母亲说："妈，你怎么了？是不是病了？"母亲说："不是。你看看这张相片，你对王兵念念不忘，没想到王兵却是这种人！"母亲掏出一张相片放到刘莹手里。刘莹一看，顿时脸色惨白。相片上是王兵和一个女人，两个人的脸紧紧地贴在一起，很幸福的样子。刘莹哭了起来，她一直以为王兵也像她爱他那样爱她，没想到王兵却在外面有女人。王兵经常出车在外，又有钱，在外面找女人，实在容易。现在，刘莹才感到了后悔。刘莹突然庆幸王兵死了，要是他不死，她还不知道要被他欺骗多久。

母亲说："幸好我发现了这张相片，要不然，你永远都不知道真相，为王兵伤心一辈子，为王兵守一辈子，就太不值了。"刘莹听了没有说话，她不会再为王兵伤心一辈子了，不会再这样过一辈子了。

刘莹坦然地跟那些喜欢她的男人交往，她选择着他们，她不能再找一个王兵那样的男人。不久，刘莹就找到了一个好男人，然后刘莹跟那个爱她的男人结了婚。婚后，他们过着幸福的日子。刘莹，渐渐地淡忘了王兵。

日子过得飞快，清明节来了，那一天，母亲对刘莹说："你去看看王兵吧！"刘莹说："看王兵？不去！"母亲说："你不去看看他，谁去看他？去吧，不去，你就太对不起他了！"刘莹说："他对不起我，还让我去看他，不可能！"母亲叹口气，说："如今，我只好让你知道真相了！"母亲找出一封信来，又说："你看看吧，看了就明白了！"

刘莹接过信看起来：

妈：我知道你反对我和刘莹在一起。我知道你怕我出了事就苦了刘莹。但我和她是真心相爱的，在一起，我们感到很幸福。你的担心是没错，我长年开车，难免会出意外。我知道她很在乎我，如果我出了事，她肯定非常伤心，肯定会对我念念不忘，不肯再嫁人。这样，会害了她，苦了她。为此，我就让人用我的相片在电脑上和一个女人的相片拼了起来。如果哪一天我出了事，刘莹不肯开始新的生活，你就把这张相片拿给她看。她看了肯定就会放弃爱我一辈子的念头，就能重新找到属于她的幸福了……

是王兵的笔迹，千真万确，看样子已经写了很久了，于是刘莹就问了母亲。母亲说："你们结婚第二天他给我的，他想得太周到了。"刘莹一下子全明白过来了。以前母亲给她看的那张相片，不是王兵不爱她，而是王兵对她的痴爱。从一开始，王兵都在为她的幸福着想。王兵知道有一天他会离开她，但他却要让她好好生活，于是，他做了他该做的一切。即使他不在了，但他的爱依然在。

顿时，刘莹泪流满面……

为了我，你活着

女人身体不适，男人说带她去医院看看，女人不肯，她说没事，说可能是太累了，休息一两天就没事了。男人信以为真，他让女人好好休息。然而，两天之后，女人的身体更加不适，脸色也有些难看。男人把女人往医院拉，他说女人病了，肯定是病了，非得让医生看看不可。

女人只好去了医院，检查的结果让女人和男人大吃一惊，女人的体内有肿瘤，虽说还很小，但却是恶性，弄不好，女人随时都会失去生命。得知这样的结果，女人掩面哭泣，痛不欲生。男人紧紧地抱着女人，他说没事的，别怕，只要慢慢医治，就什么事都没有。

那天，男人让女人在医院住下来，他去交了很多钱，他说只要能治好女人的病，就是倾家荡产，他也毫不在乎。他说女人是他的一切，他不能失去女人。女人听了很感动，泪水在她脸上漫延。

治疗的痛苦让女人一次次流泪，她真的不想活了。更重要的是，钱像水一样从家里流进医院，什么时候才是个头啊！女人担心的是如果自己的治疗失败，那么男人的钱就打了水漂，那样，男人多不值啊！

女人想男人这么在乎她，她不能真的让他倾家荡产。于是，女人告诉男人她决定不治了，她想回家，她说她不习惯住医院，她说在这里没病都会住出病来。男人当然不允许女人现在就回家，他告诉女人等过些日子再回家。女人说她知道男人是为了救她，可她是真的没救了，她不想待在这里为医院作贡献。男人哭了，他说："求求你，住下来吧！答应我，过两天再回家吧！"女人看男人伤心的样子，心软了，只好答应再住两天看看。

然而就在这天，意外发生了。男人下楼的时候，因为电梯拥挤，他走楼梯，由于走得匆忙，摔了一跤，摔折了左腿。好在有人及时发现了受伤的男人，男人及时地接受治疗。

女人在病房很寂寞，等了很久，也没有等来男人。女人正准备给男人打电话，护士来告诉她说男人摔伤了，正在对面的那幢楼里住着。女人挣扎着下了床，她来到了男人的病房。

看到男人包得严严实实的左腿，女人的泪水"哗"地就掉了下来，她说："你很疼吧?"男人说："不是很疼，你不该来，你快回去，我没事了!"女人抹着泪水说："对不起! 都怪我，要是我没病，就不会给你添麻烦……"男人说："别说了，这不怪你，只能怪我自己不小心! 你回去吧，好好休息，以后我残疾了，还得靠你呢!"

男人这话让女人一惊，是啊，男人这辈子怕是残疾了，男人将不再是家里的顶梁柱，自己得把这个家撑起来，自己不能倒下。女人又交代男人几句，这才出了病房。

回到自己的病床，女人决定把自己的病彻底治好，只有自己活着，才能照顾男人，才能让男人生活幸福。要是自己真的没了，谁会要男人啊? 男人该会有多苦啊? 他说不定会想不开呢! 现在，女人是男人的希望，是男人的一切。

女人有了信心，有了希望，她配合医生积极治疗，她不怕一切痛苦，只要自己能好起来，再多的痛、再大的苦她都能挺过。

终于，女人的病有了好转，一天比一天乐观，女人脸上的笑越来越灿烂，现在她不用死了，不会死了。每天，女人都会去一趟男人的病房，她告诉男人，她的病情的进展，她一天比一天开心，她要让男人知道，她活着，好好地活着，一天比一天好。那么，男人就不用为她担心，也不用为自己担心，有了她，他就有了一切，就有了幸福，就不用悲观，也不用失望。

女人的乐观和开心让男人也乐观和开心，他脸上的笑重新开始灿烂起来。好几个夜晚在睡觉前，男人都给女人发来短信，他说因为有了她，他活得很快乐，从前他担心失去她，但现在他一点也不用担心，因为女人已经度过了最危险的时期。看到男人的短信，女人开心地笑了，自己真的是男人的一切。

不久，女人可以出院了，而这时，男人也可以出院了。就在同一天，女人为自己和男人办理了出院手续。

那天，女人扶着男人下床，扶着男人坐电梯，扶着男人上车，扶着男人下车，扶着男人上楼回家。一回家，女人就忙碌起来。男人让她休息一会儿她也不肯。现在，女人是家里的顶梁柱，她不再是一个女人，她是家里的男人，她要把家撑起来，并且，她还要让自己和男人幸福。

3个月之后，女人的病彻底好了。那天，从医院回来，女人特别开心，而更开心的是男人，他兴奋地抱起了女人，在客厅里转了又转。女人大惊失色，她说："快把我放下来，你的腿，你的腿……"男人放下了女人，他哈哈大笑，在客厅里蹦跳起来。女人更加惊恐，她赶紧拉住男人让他别跳了，她怕男人的腿有个闪失。

停下来的男人笑着告诉女人其实他的腿根本没有摔折，在医院下楼的时候，他是摔了一跤，他突发奇想，决定骗女人自己摔折了腿，这样一来，他需要女人，他离不开女人，女人在乎他，就不会再闹着出院，并且会积极治疗，好好活着。只有女人有了好好活着的信念，才会真正地好好活着。

女人笑了。原来，在她生命最黑暗的那段日子里，男人对她的需要，让她没有放弃自己；自己对男人的爱，让死神望而却步。原来，一切疾病和灾难都不可怕，因为爱，因为希望，再糟糕的生活也会出现奇迹。

一双手套

冬天来了，天冷了。男人从公司的大门走出来，不由地吸了口冷气，赶紧埋着头，还把双手插进了裤袋里，然后径直去了商场。男人去买了一双手套。从商场出来，男人就把手套戴在了手上。那是一双棉手套，非常地暖和。男人不再将手插进裤袋了，而是甩着双手回家。

男人决定不先告诉女人买手套了，得找个适当的时候才说。女人很节俭，不肯多花一分钱。一双手套20多元，是可买可不买的，女人知道了肯定会不高兴。男人在开门之前，把手套取下来放进了口袋里。

打开门，女人见男人回来了，背着双手高兴地迎了过来。女人笑着说，猜猜我买了什么东西？男人笑着说，什么呀？这么神秘，肯定是好东西喽！给我的吗？女人笑着说，算了，你也猜不着的。女人然后从背后拿出一双棉手套来。女人说，给你买的，怕你的手冻着了！来，快戴上吧，看适合不！女人说着就将手套往男人手上戴。

男人没想到女人会为他买手套，男人觉得自己对不住女人。女人想着给他买手套，可是自己呢，却只想着自己，只买手套给自己。男人知道，自己买的手套，只怕永远都不能拿出来了，只能拿去退掉。拿出来，不但女人会心疼花了钱，而且还会认为男人不关心她。

女人给男人戴好了手套，高兴地说，还真合适！暖和吧？男人说，暖和，真暖和！男人又说，你呢？给自己买手套了吗？女人说，我不用戴手套，我不怕冻！男人知道，女人肯定是为了省钱，舍不得为自己买手套。男人心疼地握住了女人的手，男人想，要是她是为自己买的手套，那多好！那样，他就可以没有心理负担了！

第二天，男人把自己买的那双手套好说歹说退了，换了一双女式棉手套。女人给他买了一双手套，他也要送女人一双手套才行。他不能让

爱他的女人把手冻着了。

男人回家打开门，吃了一惊，女人的手上戴着一双手套了。男人没把手套取出来。男人说，你买手套了？女人说，买了。我怕你为我买手套，就先买了。女人是怕男人买贵了，就自己买了。男人看了看女人手上的手套，女人买的是便宜的那种。女人终究是舍不得花钱。男人知道，女人买这样的手套来戴，也只是为了让他安心，让他不再为她没有手套担忧。男人说，买了就好！你要不买，我就要给你买了！只是你这手套暖和吗？女人笑着说，很暖和的！你放心吧，不会冻了！男人冲女人笑了笑，说，暖和就好，就好！

男人把自己给女人买的那双手套悄悄地藏了起来。男人不能让女人知道他给她买手套了。知道了，女人又会心疼花了钱。男人决定等明年冬天的时候再把手套送给女人。

 # 最爱呼噜

结婚这天晚上，他笑着对她说，你嫁给我，可惨啦！她看着他，不解地说，怎么惨了？穷点不要紧，只要我们相爱，只要我们肯努力，一切都会好起来的！他说，不是这个，我最爱打呼噜了，一睡觉就打，而且呼噜声很大。你是不是很惨，以后怎么睡觉？她听了就笑了，对他说，你多心了，你不知道，我最爱呼噜了，有了呼噜，我反而睡得很好。他听了一惊，问道，真的吗？她说，骗你干吗呢？我爸就要打呼噜，我从小就喜欢上了呼噜！他开心地笑了。

这天晚上，他们说了许多话，夜深了才睡下。一闭上眼睛，他就打起了呼噜。先是轻声，接着声音就高了起来。她闭着眼睛，用双手蒙住了耳朵。听到他的呼噜，她一点都不能入睡。蒙住了耳朵，还是睡不着。又怕他给发觉了，她只得缩到被子里。终于，她入睡了。只是一夜都没睡安稳，常常被呼噜给闹醒。

第二天，她的眼睛红红的。他一起床就对她说，怎么了，昨晚没睡好？她连忙说，不是，不是，有你的呼噜，我睡得很好！他说，那你的眼睛怎么红红的？她说，昨晚睡得晚了，没睡够！他"哦"了 声说，是这样呀！她说，你看看你的眼睛，也是红红的，怎么啦？是不是我妨碍你睡觉了？他说，怎么会呢？我也没睡够，看来今天还得再睡一会儿！

那天中午，他和她又睡觉。他一闭上眼睛就打呼噜。而她，闭上眼睛听到呼噜就睡不着。她只得静静地躺着，只能打打瞌睡。睡了起来，他的眼睛是红红的，她的也是。两人相互望望，都没有言语。

晚上，两人早早地就上了床。两人都有些疲乏，一上床也没有多话，都闭眼睛睡觉。他又是一躺下就打呼噜，不大不小的声音，对于想睡觉的她来说，无疑是雷声。可是，她又不能阻止他的呼噜。她知道，好多

男人睡觉都要打呼噜。如果不让他打呼噜，那不是让他别睡觉吗？不让他睡觉，他白天怎么有精神干活挣钱？唯一的办法，就是让自己充耳不闻。于是，她起来上厕所，悄悄地找了两块小布，悄悄地塞进了自己的耳朵里。终于，他的呼噜声听来小了，她可以入睡了。只是这一晚她还是睡得不安稳，还是常常醒过来。好几次醒过来的时候，她都看到他翻来覆去，她就尽量控制自己别动，别打搅了他睡觉。

　　第二天，她的眼睛还是红红的，他的也是。当他看着她的时候，她笑着对他说，你的呼噜真好，恰到好处，听着你的呼噜，我睡得真香。所以呀，老想睡，总觉得没睡够，瞧瞧，眼睛都有些红呢！他说，以前呀，我打呼噜，我爸我妈就说吵着他们睡觉了，叫我别打。如今你喜欢呼噜，我一打起来，觉得真舒服，也就老想睡觉。你瞧，我的眼睛是不是红的，还没睡够呢！她笑了，他也笑了。

　　一年后，他们有了孩子。5年后，孩子大些了，懂事了。孩子不喜欢他的呼噜，一听到他的呼噜就睡不着觉。那天晚上，孩子对他说，爸爸，你别打呼噜行不行，你一打呼噜，我就睡不着觉！他说，好，我不打，不打！这晚，他真的没打呼噜。他睡得很好，她也睡得很好。只是，她却没能高兴起来，她想，他没打呼噜，睡得好吗？

　　起床的时候，他对她说，昨晚没打呼噜，你没睡好吧！她说，没事，没事！你没打呼噜，怕是没睡好吧？他说，看我的眼睛，一点都不红，睡得很好！她说，以后我带孩子睡，你一个人睡吧，这样你就可以自由地打呼噜了！他说，可你听不到我的呼噜呀，你怎么睡？她说，总不能让孩子一个人睡吧，我得带着他睡！他点了点头。

　　这天，他对孩子说，都是你不好，你妈喜欢我的呼噜，你不喜欢，她跟你睡，就听不到我的呼噜了！孩子说，爸爸，妈妈根本就不喜欢呼噜，你的呼噜总是吵着她睡觉，所以妈妈才要跟我睡！他说，不可能！孩子说，这是妈妈亲口对我说的。他想，这可能是她骗孩子的话！

　　她回来的时候，他还是对她说，你不喜欢我的呼噜？她说，没有呀，谁说的？他说，你别骗我了。昨晚我没有打呼噜，你睡得很好，眼睛一点都不红！她看了看他，对他说，是的，我不喜欢呼噜。结婚那时你告诉我说你睡觉要打呼噜，我就只好告诉你说我最爱呼噜了，这样才能让你自由地打着呼噜睡觉！他说，唉，我还以为你真的是喜欢呼噜呢！其实呀，我根本就不打呼噜的，我是骗你的，我以为你怕呼噜，谁知你却喜欢呼噜。听你说喜欢呼噜，我才故意打呼噜的，这些年，就只有昨晚睡了个好觉！她说，我也只有昨晚才睡了一个好觉！他说，对不起，我让你受了5年的委屈……她笑着说，不要说了，我也让你受了5年的委屈，我们算是扯平了！

他看着她，开心地笑了。因为爱，他打了5年的呼噜，她就忍受了他5年的呼噜，两人都有5年没睡上一个好觉。他伤害了她，她也伤害了他，如此一来，谁也不欠谁的，真的是扯平了！

猜谜语

　　青青长得很美丽，人见人爱。青青单位里有不少男孩，那些男孩都喜欢青青，都不约而同地追着青青。这些追求青青的男孩，个个都好像很优秀，很爱青青，分不出个高低来，青青也不知道选择谁才好了。但青青还是有了自己的办法。青青喜欢猜谜语，喜欢出谜语让别人猜，她如今也决定出谜语让男孩们来猜猜，谁能猜出谜底，她就跟谁相好。

　　一天，军来约青青出去玩的时候，青青就对军说，我们来猜个谜语吧，要是你猜对了，我就陪你出去玩！军知道青青喜欢猜谜语，见青青要和他猜谜语，就高兴地答应了，说你出谜语吧！青青就笑着在纸上写下了这样一个字：您。青青写好"您"字后对军说，你猜吧！军只看了一眼"您"字就对青青说，就一个字，你叫我怎么猜得出谜底呀？哪有这样的谜语呀？青青听了不笑了，但青青还是对军说，你再好好想想看！军便摇了摇头说，我想不出来，真想不出来！青青很遗憾，她想，连这个谜底都猜不出来，太不懂浪漫了！青青当然没有和军出去玩，然后两人猜了一会儿别的谜语，就各自走了。青青当然不会和军相好，她瞧不起军。

　　又一天，强来约青青出去玩的时候，青青就对强说，我们来猜个谜语吧，要是你猜对了，我就陪你出去玩！强知道青青喜欢猜谜语，见青青要和他猜谜语，就高兴地答应了，说你出谜语吧！青青就笑着在纸上写下了这样一个字：您。青青写好"您"字后对强说，你猜吧！强只看了一眼"您"字就对青青说，就一个字，你叫我怎么猜得出谜底呀？哪有这样的谜语呀？青青听了不笑了，但青青还是对强说，你再好好想想看！强便摇摇头说，我想不出来，真想不出来！青青很遗憾，她想，连这个谜底都猜不出来，太不懂浪漫了！青青当然没有和强出去玩，然后两人猜了一会儿别的谜语，就各自走了。青青当然也没有和强相好，她也瞧不起强。

富翁的秘密

　　再一天，明来约青青出去玩的时候，青青就对明说，我们来猜个谜语吧，要是你猜对了，我就陪你出去玩！明知道青青喜欢猜谜语，见青青要和他猜谜语，就高兴地答应了，说你出谜语吧！青青又笑着在纸上写下了这样一个字：您。青青写好"您"字后对明说，你猜吧！明只看了一眼"您"字就笑了，但他没有回答青青，他拿起笔，在纸上也写了一个"您"字。青青看了就笑着说，猜不出来？明笑着说，我不是猜出来了吗？青青生气地说，猜不出来还不承认，讨厌！青青当然没有和明出去玩了，然后两人猜了一会儿别的谜语，就各自走了。青青当然也没有和明好，她更瞧不起明。

　　喜欢青青并追求她的男孩很多很多，每个男孩来约青青去玩的时候，青青都会把"您"这个谜语写出来让男孩猜，猜出来了才肯跟男孩去玩，结果那些男孩都猜不出来，当然，青青也就不会跟他们相好了。

　　很多很多喜欢青青并追求她的男孩都被她的谜语给否定了，那些男孩在被青青否定的同时也把青青给否定了，他们都认为青青长得美丽就心高气傲，根本没把他们放在眼里，还出一个怪怪的谜语来为难他们。男孩们都瞧不起青青，大家都先后跟别的女孩相好了。

　　有一天，明在街上遇到青青，他叫住了青青，并对青青说，你别老是让人家猜你的那个谜语，你再这样下去，只怕爱你的人都被你给否定了！青青把眼一瞪，对明凶凶地说，你凭什么说我？明说，我喜欢你，所以我才劝你一句！青青不由一笑，不以为然地说，你喜欢我？那你怎么猜不出我的谜语来？明说，我猜出来了，所以我才写了"您"字给你！"您"这个字是把"你"放在"心"上，它的谜底就是我爱你！青青听了一下子就想哭，她说，你当时猜出来了怎么不告诉我一声？明说，你是个猜谜的高手，我把"您"字写给你，以为你就会明白我猜出来了，哪知你却没有猜出来！青青听了终于忍不住哭了起来。她一直出谜语让别人来猜，哪知别人也出了这样一个谜语来让她猜，可惜她没有猜出来。

　　后来，青青和一个男孩相好了。在选择那个男孩的时候，青青没有为难他，她没有让他猜那个否定了别人同时也否定了自己的谜语。那个"您"的谜语，是青青一生的痛，她为此错过了一个知道谜底并且很爱很爱她的人。

爱的眼睛

他是一位小有名气的画家。他擅长画画像，许多人都上门找他画像，当然，价格不低。虽然他年纪不小了，虽然有很多女孩子喜欢他，但他就是没有找到自己喜欢的那一个。他好像一切都不缺，唯独缺少一个自己喜欢的女孩子。

有一天，一个女孩上门来找他画像。女孩长得很好看，他的眼睛突然为之一亮。他身边不缺少好看的女孩，但让他眼睛亮的却没有。他想这个女孩就是他要找的那个了。他以画像为理由，好好地看了女孩好半天，他越看越喜欢，他决定就是她了。他给女孩画了像。那天，他还请女孩吃了饭。最后，他没有收女孩画像的费用，他告诉女孩说喜欢她，希望能跟她交个朋友。女孩早就对他崇拜不已，这次来画像，也是为了看看他，听他这么一说，受宠若惊，红着脸点了头。

那天晚上，他把女孩送回家。到家门口，女孩对他说，以后每年的今天，你都为我画一幅画像，好吗？他笑着说，好。然后，他吻了女孩，高高兴兴地离去。

从此，他的生活快乐起来，他的身边，人们发现多了一位女孩。他的衣服，不再需要自己洗；他吃饭，也不用再去饭馆；他画像的纸墨，也不用自己准备……这一切，她都会细心地为他做了。他沉浸在幸福之中，她也是。

很快，一年就过去了。那一天，他为她画像。她坐在他对面，他看着她，她笑，他也笑。他一边笑，一边画。她就在一边看。看到纸上的自己逐渐完整，她的心里满是幸福。画好了，他问她，你看可以吗？他画得很好，真的很让她满意，她说，你画得真好！他却说，不是我画得好，是你长得好看！她听了就更快乐了。她觉得此生做他的妻子真是太幸福了。

每年的这一天，他都会为她画像，从来没有遗漏过，即使别人出再高的价找上门来，他都会拒绝。

第七年的这一天，她在画室里为他准备好画像的一切，然后坐了下来，等他来为她画像。他来了，坐下，说，你坐在这里干吗，今天还有客人来画像，你忙你的去吧！她吃了一惊，他怎么忘记今天是个什么日子了，她便提醒他说，今天是你给我画像的日子！他"哦"了一声，说，我倒给忘记了，已经跟人说好了今天画像，明天再给你画吧！他说这样的话，她十分不满，她说，不行，就得今天给我画！他说，我都答应了，你让我怎么跟别人交代？她说，我们的约定7年前就有了，你又怎么跟我交代？他说，你是我妻子……她说，是妻子就可以不在乎呀！在你的心里，是别人比我还重要？他说，我不是那个意思……她说，今天你就给我画像，谁来找你，都不行！他只得打了电话对人说改天再画像，然后，他为她画像。

她不再生气，笑着坐在他对面，他看看她，没有笑。他看看纸，又看看她，就画了起来。然后，她在一边看他画。她脸上的笑容，越来越少，等他画好画像，她一点笑容都没有了。她拿起画像看了看，自己又跑到镜子面前看了看，然后，她对他说，你画得不好，重画！他说，怎么就不好了？她说，你画的我不好看！我就要你重画！他说，好好好！他的口气里满是不乐意。

然而，这一次的画像，她还是不满意。她说，你是不是还在生我的气，故意把我画得不好看？他说，没有呀！我想，是你老了，不好看了，所以，画像就不好看了！她生气了，说，我老了吗？我今年才27岁，人家都说我比以前更美了，你倒好，就嫌我老了，不好看了！

她把前几年的画像都拿了出来，一幅一幅地看，她惊讶地发现，前三年的画像，她很美，而后来这几年的画像，一年不如一年好看，她突然对他说，我明白了，这些年来，我在你眼里，一年不如一年好看，所以，你笔下的我，也一年不如一年了。就是今天，你居然把我们的约定给忘记了，你的心里，已经没有了我。我不再好看了，你是不是又喜欢上别的女人了？他很吃惊，点头说，是的，我喜欢上了别人！她不由地哭了起来，她一心一意对他，可他却喜欢上了别人。

不久，她和他离婚了。人们都为他们惋惜。

那几幅画像，一年不如一年的画像，让她知道，他不再爱她，所以，她在他眼里不再好看。在爱的眼睛里，即使是不好看的，也会变得好看起来；而不爱，好看的也会变得不好看。是画像，泄露了他的秘密。

温　暖

　　城南加油站，货车排成了长长的车队，师傅们都在等待柴油的到来。许多师傅从早上就开始等了，等了大半天也没见到一滴柴油。大家抱怨过，怀恨过，无奈过，可是没有办法，只能等，必须等。

　　男人开着货开缓缓驶进加油站，一看那长长的车队就傻了眼。男人送货到外地，回来的时候，油箱里的油不多，他就一路上想着加油，路过许多加油站，都没柴油。没想到，回到自家的县城，来到最大的加油站也没有柴油，男人无比失望。

　　男人怕女人担心他，便掏出手机给女人打电话报平安，说他到家门口了，可是却回不了家，他在加油站等着加油。男人经常奔跑在外，很少在家，有时候，货车路过县城也没回去，但是，每次男人送完货，都会给女人打个电话报平安。男人知道，自己在外面的每一个日日夜夜，女人都担心他，白天担心；晚上担心；梦里还担心。有一次，女人梦里梦到男人出了事，浑身是血，醒来打男人手机，关机，便哭了一夜。直到第二天打通男人的手机，得知男人安然无恙才放了心。

　　女人听男人在等待加油，便让男人早点回家。男人说他可能晚上都回不了，什么时候加到油，还不知道。女人知道现在到处都在闹柴油荒，报纸上、电视上天天说，街头巷尾都在议论这事，看得多了，听得多了。大家都很气愤，却无能为力。

　　男人打完电话向前走了一段路，前前后后一看，吃了一惊，到处都停满了货车，密密麻麻，挨挨挤挤，大大小小，不下200辆。男人向别的师傅打听柴油什么时候来，对方摇头说不知道，说一早就等在这里了，也没见一点动静。

　　男人想等吧。现在，只能等，除了等，什么也干不了。现在，有货，不能拉；有钱，不能挣；有家，不能回。唉，该死的油荒！男人叹息，长长叹息，深深叹息，他继续向前走去。有人在车里打着瞌睡；有人抽着烟；有人大声打着电话；有人相互询问着哪里能加到柴油；也有三五个聚在一起打起了扑克。

男人走过去，看别人打扑克。因为没事，因为无聊，男人就看了一下午打扑克。这期间，他好几次想回家，可都不敢离开，他怕一离开柴油就来了。

天黑了，该吃晚饭了，师傅们纷纷买饼干，买方便面，买盒饭。男人什么也没买，刚才女人给他打了电话叫他回家吃饭，他说不回去，女人说给他送过来，让他等着。

男人等了一会儿，女人就骑着自行车来了。男人迎上去，女人停下车，看看男人，将保温桶递给男人说，饿坏了吧？快吃吧！男人笑笑说，早上吃得多，还没饿呢！女人说，我还不知道你？有一顿没一顿的，饱一顿饿一顿的！男人不说话，打开保温桶，叫起来，回锅肉，真香啊！女人知道，男人就好这口，这是专门为他做的。女人笑着说，快趁热吃！男人就大口大口地吃起来，女人在一起看着男人吃。男人吃得津津有味，女人看得津津有味。

男人吃完饭，女人把自行车推到男人面前说，你回家去休息吧，我来等！男人摇摇头，不行！这是我的事！女人说，你的事也就是我的事。你也累了，回家去吧，我在这等着，不会误事！男人摇摇头说，不行，真不行！女人推了一把男人说，回吧，明天你还要开车呢！男人看看女人，终于骑着自行车走了。

男人回到家，洗了一个澡，换了一身衣服。每次回家，男人都会洗澡，都会换衣服，他不想让自己又臭又脏的身体弄脏了家，弄脏了空气，那样，会给女人添麻烦。男人看时间还早，就将自己换下来的脏衣服给洗了。

男人穿上一件厚衣服，带了一床棉被，又骑上自行车去加油站。

女人在货车上无聊，睡不着，突然看到男人来了，不由吃了一惊，打开车门跳下来问男人，你怎么不在家休息？男人说，你都在车上，我哪能在家里休息？女人又上了车，男人也上了车，他用棉被将自己和女人包裹起来。男人问女人，冷不？女人说，不冷！有你，暖着呢！男人说，我也不冷！有你，暖着呢！女人和男人相视一笑。

男人和女人都知道，这个夜晚，因为有对方的陪伴和怀抱，将不再寒冷，不再漫长。

167

爱情不卑微

毛永军和张丽是大学同学。毕业后，他们在同一家公司上班。由于是同学，他们走得比较近，然后，他们就相恋了，接着就结了婚。婚后不久，他们跳槽，先后进入不同的公司。为了在这座城市扎根，毛永军异常努力，很快就在公司脱颖而出，成为部门主管。成为部门主管之后，毛永军的应酬多了，回家的时候少了，回家的时间也短了。

对此，张丽没有丝毫怨言，洗衣服，打扫卫生，家里的事，她样样都做。她知道，只有她把家里的事都做好了，不让毛永军操心，他才能全心全意工作，才能把工作做好。每天，张丽公司家里忙上忙下，但她再苦再累都没有对毛永军说半个"不"字。只要毛永军不累，她累点，不算什么。她觉得，爱一个人，就要处处为他着想。

毛永军当了部门主管，他所在的部门有几个女孩开始对他眉来眼去。开始的时候，毛永军不以为意，因为他的心里有张丽。可是渐渐地，他发现张丽不如她们当中的任何一个。她们当中的任何一个，都比张丽优秀得多。张丽要长相没长相，要能力没能力，就只知道洗衣做饭，这样的女人，只是一个保姆，配不上他。这时，毛永军后悔了，他觉得当初不该急着跟张丽结婚。离婚吧，他一时又拿不定主意。

不久之后，毛永军跟一个叫刘燕的女孩恋上了，他们一起上班；一起下班；一起吃饭；一起看电影。尽管每天晚上毛永军都很晚回家，但是张丽却丝毫没有对他有所怀疑。张丽总是给他倒水，问他工作累不累，有什么需要她帮忙的，尽管提出来。毛永军总是摇摇头，不多说一句话，洗把脸就上床呼呼大睡。

这段时间，张丽似乎比从前更忙了，家里的衣服堆积起来，几天才洗一次，卫生也几天才打扫一下。毛永军想张丽终于露出了原形，她从

富翁的秘密

前只是做给他看，博得他的喜欢，见他无动于衷，便开始懒散起来。如果她真的很爱他，那为什么不一直像从前那样洗衣服打扫卫生，把家里的事做得井井有条，给他一个舒服的家？

毛永军跟刘燕越走越近，甚至有时他夜不归宿。而这时，张丽会打电话问他干什么去了，毛永军都以加班为由搪塞过去。张丽信以为真，总是安慰他别太忙，早点休息，说工作要做，钱要挣，但人不能累着了。对于张丽的信任，毛永军心里有一丝愧疚。但这丝愧疚很快就飞到天边去了。

日子向前飞跑，许多人升职的升职，跳槽的跳槽，毛永军却一直原地踏步。对此，毛永军不以为意，反正，他比张丽强。

这天，老总找毛永军谈话。毛永军在老总办公桌上发现一张相片，上面有个女人，很像张丽，他问老总能不能给他看看相片。老总将相片递给他。毛永军接过相片认真一看，没错，上面的女人的确是张丽，他的老婆。毛永军很吃惊，因为相片上的张丽气质非凡，一身得当的衣服使她显得无比高贵。

毛永军问老总："你认识她？"老总说："认识！她叫张丽，是昌盛公司的副总，年轻有为啊！"昌盛公司？毛永军一惊，那可是赫赫有名的大公司，张丽居然是这家公司的副总？

这天晚上，毛永军早早就回了家。等了一会儿，张丽才回来。毛永军问张丽她是不是有事瞒着他，张丽望着毛永军摇头说："我没什么瞒你的。"毛永军说："你是昌盛公司的副总，为什么你一直不对我说？"

张丽一愣："你都知道了？实话跟你说吧，我一直不告诉你，不让你知道我是这家公司的副总，是担心你知道后在我和别人面前抬不起头来。我想只有让你觉得我不如你，你才会觉得自己是个大男人……"毛永军这才明白，原来，张丽不是不优秀，她在他面前装卑微，是为了不让他感到自己的卑微，是为了让他过得开开心心。

这时，毛永军的手机叫了一下，他掏出手机，翻开短信，是刘燕发来的：军哥，咱们老地方见。毛永军回道：我没空，在家陪我老婆，等会儿我还要洗衣服。以后你别再打搅我。我很爱她，她也很爱我。

发完短信，毛永军上前拥紧张丽，眼里一片湿润。是张丽在他面前的卑微，让他明白，他的爱情其实并不卑微，值得他珍爱一生。

169

放　假

　　这天是"五一"，他和她睡得很迟才起床，因为今天放假，不用去上班。她在一家超市当售货员，他在一家建筑工地打工，一直都没有好好地睡上一觉，今天不用上班，所以他们才有机会美美地睡上了一觉。起床的时候，太阳已经升得老高了。他和她笑着弄早饭吃了，然后就出了出租屋。昨天两人就商量好了，今天好好地逛逛街，好好地看看这个城市。他和她春节的时候结婚，婚后就来到了这座城市打工，已经两个多月了，他们还没有时间，还没来得及好好走走看看。

　　出了门，还没走出一条街，她就对他说，走，带我去你的工地看看！他连忙说，工地没什么好看的，不去了吧？还是去你的超市看看！她说，超市没什么好看的，你看看，这里不就有个超市嘛。要不我们进去瞧瞧！说了，她就要往那个超市里面走。他却拉住她的手，说，我就想去看看你工作的地方嘛，带我去看看吧！她看了看他，说，我不是跟你说今天我们放假吗？超市不营业的！他说，今天是"五一"，购物的人这么多，怎么可能不营业？她看看他，怕他多想，只得说，行，我带你去看看！不过，我们只在外面看，不进去！他说，行！

　　然后，她和他手牵着手往自己工作的那个超市走去。一步一步接近超市，她的心就紧张，就跳得厉害，手心里也冒出了细细密密的汗。他感觉到了她的紧张，问她说，你怎么了？是不是哪里不舒服？要不我带你去看看医生？她摇摇头，冲他一笑，说，没有呀，我很好，我很高兴！

　　很快，她和他就来到了她工作的那个超市。虽然他们没有进去，但他们看到超市进进出出的人络绎不绝。他就对她说，你们超市的生意这么好，你工作肯定很累吧？她说，不累，不累，一点也不累！今天是"五一"，所以购物的人才这么多，平时根木就没有这么多人的！他突然发现了什么似的，说，今天是"五一"，超市的生意这么好，你怎么可能放假？她说，你难道不相信我？要不是放假，我还能陪你站在这儿玩？他听了就笑了。

这时，从超市里出来一个售货员，看到她，就惊讶地说，小芳，你不是请假说有事吗？怎么站在这里玩？她一听，呆了。他吃了一惊，看着她说，原来你不是放假，你请的假？她只得点了点头。他说，你好好的，请假干什么？是不是哪里不舒服，走，我带你去看看医生！她说，不用去看医生，我很好！他说，我就要你去看医生，你不去，我就不放心！说着，他就拉着她走。

她却不走，她说，我真的没事。我还是实话告诉你吧。前天你告诉我说你们"五一"可能放假，我想你一个人不好玩，于是就说我们也要放假，然后就请了假陪你。我是想让你今天过得快乐些！他深情地看着她，说，原来是这样！走吧，我们去玩得开心点！然后，他拉着她离开了超市。

他没有告诉她，其实他们今天并不放假。但当他听说她"五一"放假的时候，他就想她一个人不好玩，于是就请了假特地陪她玩这一天。他也是想让她过得快乐些。要知道，如果今天他不请假的话，他就可以多挣20块钱。虽然她也是请假，但是她还没有告诉他，"五一"这天生意特别好，本来老板是不准假的，最后经不住她的纠缠同意了她的假，不过却扣掉了她两天的工资。她怕说出来他不高兴，所以才没有说。扣两天的工资，再加上今天的工资，就是三天，就是60块钱呀。

为了他，她给了自己一天假，为了她，他也给了自己一天假。虽然这样他和她都要失去一定的钱，但是，他和她都感到很快乐，因为他和她都想让对方快乐。对于他们来说，对方的快乐，就是自己的快乐。因为，他们深深地爱着对方。

免费的爱

　　她等了他好久，他才回来。看到他垂头丧气的样子，她问他，你这是怎么了？他说，我把钱弄丢了！她说，什么钱丢了？他说，我丢的是小刘的 2000 块钱呀，人家可是急着要的！她吃了一惊，丢了 20000 块钱，天呀，这得他们干一年了。他一屁股坐下来，捂着脸，泪水顺着他的手指滑下来。

　　看到他这样伤心，她忍着伤痛，上前安慰他说，不就是 20000 块钱嘛，我们还怕还不起吗？他说，当然还得起，可是我们却得为此辛苦一年呀！她说，辛苦就辛苦，我不怕！我想，以后我可以去兼职，那样就可以多挣点钱！他不再流泪了，她都那么坚强，他也得坚强起来。他说，好，我也去兼职挣钱！在这个城市，他们举目无亲，脚才刚刚站稳，连房子都还没有，没想到却又出了这样的事，一切都只能依靠他们自己。

　　两天后，就是星期五了。以前，每个星期五的晚上，他和她都去餐馆吃饭，这是他们的习惯，也是他们的约定，更是他们的幸福。他回来的时候，她说，我们去吃饭吧！他很吃惊，我们现在这样了还去餐馆吃饭？她说，去，还去！辛苦了一周，该好好犒劳一下自己！他和她平时忙得不得了，是该好好犒劳一下自己，只是，只是他想着去餐馆吃一顿饭至少得几十块钱。既然她愿意去，他就不能反对。他还没有做出反应，她就说，走吧，犹豫什么呢？我知道你不想再多些开支，可今天我有好消息告诉你，我周末去当家教，能挣一笔钱，这样的事，该庆祝一下吧！听她这么说，他就笑了，说，你真行呀！走吧！他牵着她的手出了门。

　　这次，他和她没有去以往的那个餐馆吃饭，他们去的是风味餐厅，是她说要去那里的。风味餐厅的菜果然不同凡响，很有特色，他和她吃得很开心。当他们去付账的时候，收银员却不肯收他们的钱。他们莫名其妙，老板来告诉他们说，你们中奖了！你们是我们餐厅开业以来的第一万座客人，你们获得50次免费消费的机会，不过，每次不能超过100元，否则多的钱由你们掏！他和她喜出望外，50次免费消费，这意味着他们每个星期五来吃一顿，可以吃上近一年的时间了。他和她连忙道谢而去。

回去的路上，他和她有说有笑，虽然一次不能超过100元，但是50次免费消费，他们却可以为此省下几千块钱，而他们依然能像以前一样享受到生活的美好。他庆幸跟她出来吃了这顿饭，才获得了这样的幸事。

周末，她去当家教了，他也没有闲着，去找了工作，虽然是到批发市场当一名搬运工，不过工资还不错，他也挺满意。

从此之后，每个星期五晚上，他和她都去风味餐厅吃顿免费的饭菜。而周末，他和她则各自去干各自的事。

一转眼，就是半年过去了。那个周末晚上，批发市场的老板请客，他也去了。他们去的是风味餐厅。一走进餐厅，他就吃了一惊，他看到了她，她穿着餐厅的制服，在里面来往穿梭。她怎么在这里上班呢？不是说当家教的吗？他想不明白。

吃饭的时候，他向身边的那个服务员打听她的事，从那个服务员口中得知，她每个周末都在这里上班，已经干了半年了。她一是为了挣钱还债，再一就是为了让自己的男人在这里高高兴兴地吃一顿所谓的免费的晚餐。

他这才知道，他们每个星期五吃的那顿晚餐，并不是免费的，是她周末工作挣来的。世上哪有免费的晚餐呀，有的只是她的永远免费的爱，不求回报，一心付出。即使有所求，求的也是他的幸福。

这顿饭，他没有喝酒，却醉了。

爱的选择

每天晚饭之后，男人和女人都会出门去散步。散步的时候，他们会手着牵手，他们是一对恩爱的夫妻，是一对人人羡慕的夫妻。散步之后，他们会逛商场逛超市，看看衣服，买点食物，然后回家。

这天晚上，男人和女人又走了很远，然后他们往回走，他们去了超市。他们选了一袋米、一块肉、一些青椒，然后再选了一袋饺子和一袋汤圆。

男人和女人提着东西走到收银台付账，收银员麻利地算账，然后告诉他们说一共84元。男人掏口袋，只掏出60元。男人叫女人掏钱。女人掏口袋，只掏出20元。两人的钱加起来，还差4元。两人面面相觑，这可怎么办呢？

一袋饺子的价钱是4元，一袋汤圆的价钱也是4元。男人和女人可以放弃其中的任何一袋。可是男人急忙抓了饺子，他说就要饺子吧。女人却抓着汤圆说，不，要汤圆，要汤圆！

收银员笑了，她说你们到底要哪样呢？

男人笑着就说要饺子吧。女人却笑着说就要汤圆吧。

男人不肯放弃饺子，女人不肯放弃汤圆。好在这时后面没有人排队，收银员不急，她等待着男人和女人做出最后的选择。

男人说咱们来石头剪子布吧。女人笑笑点了头。

男人和女人像小孩子，收银员笑了。

男人说，布！男人出的却是石头。

女人听男人说布，她就出了剪子。没想到男人出的却是石头，她输了，她说你骗人，这次不算。

男人说好吧，那就再来一次吧。

男人说，石头。女人笑笑。男人说得出石头，真的就出了石头。这一次，女人出的是剪子。女人认为男人上次说布出石头，这次说石头会出布，她就出剪子，没想到男人说出石头就石头，女人输了。赢了的男人笑着说，我说出石头你不信，输了吧？把汤圆放回去吧！

女人看一眼男人，然后把汤圆往回拿。

男人付钱的时候，收银员对他说，大哥，你是个男人，你应该让着大姐，应该把她喜欢的汤圆留下！

男人笑着说，她不喜欢汤圆，她喜欢的是饺子！

收银员这才明白，闹了半天，男人喜欢的却不是他手中的饺子，而是女人手中的汤圆。

收银员打出收银小票交给男人。男人提着东西到超市门口等女人。

这时，女人经过收银台。收银员对她说，大姐，大哥对你真好！下次别忘了多带点钱，替大哥买几袋汤圆。

女人笑着说，其实我身上还有钱。女人说着拍拍自己的口袋。

收银员一愣，她说那你刚才怎么不买下汤圆呢？大哥喜欢吃啊！

女人说，他是喜欢吃汤圆，可是医生建议他现在最好别吃。

收银员说，既然如此，刚才你就用不着跟大哥争，听大哥的放弃汤圆不就行了？

女人笑笑，她说哪能轻易放弃呢？跟他争，他就知道我也在乎他。他争赢了，他就会很快乐。说完，女人又冲收银员笑笑，出门去了。

女人走到男人身边，从男人手上接过一个袋子，另一只手去拉上男人的另一只手，两人有说有笑地往家走去。

先 救 她

在去离婚的路上，他和她边走边吵。他和她结婚还不到一年，离婚，是因为他想要孩子了，可是她却不想要。她还说以后几年也不会要，甚至这一生永远都不会要孩子。

他不想听她唠叨，于是走在了前面，并且走得很快。她虽然努力追赶，但也落下了好几米。她生气，可也无可奈何。她知道，他马上就与她没有任何关系了，当然，也不会管她走得快慢，会不会因为追赶他而摔倒了。

就在这时，她真的摔倒了。地面颤动起来，她的头一晕，就摔倒了。他也摔倒了。他是撒腿跑的时候摔倒的。街边的房屋一时之间就倒塌了下来，埋住了她的大半个身子，也埋住了他的大半个身子。她和他都只露出一个头来，她和他都能看见对方。

他和她都动弹不得，他们都受了很重的伤。他说，你坚持一下，会有人来救我们！她说，会有人来救我们吗？她感到害怕，感到绝望。他说，会有人来的，你不要怕，有我在！她苦笑了一下，她想，你在管什么用？你又不能来救我！她生他的气，如果不是因为他要孩子，她就不会跟他离婚，也就不可能让这些砖头给埋住。她想，如果她死了，她就要变成厉鬼，让他一辈子不得好过！

他说，你真的不要害怕，你要保持镇定，从现在开始，不要说话，看着我，好吗？她不想看到他，可是，她又不想死，她转过脸，看着他。她知道，四周都成了废墟，只有看着他，才能给自己一点点安全感。他冲她笑，她没有笑。她笑不出来，她没有哭出声，但她的脸上，爬满了泪水。

天黑了，没有人来救他们。余震还在继续，地面还不时地颤动。她感到身上的砖头越来越重，头越来越晕，身体越来越疼痛。她想，我会死吗？她盯着他，恨不得一口吃了他。这事，都怪他！她想，我当初怎么就嫁给了他，弄出这么大的麻烦？

下雨了，她终于放声哭起来。她感到了绝望。都这么长时间了，还没有人来救他们。也许所有的人都死了。她甚至感到四周废墟里埋着一具具尸体发出一阵阵恶心的臭气，那满地乱淌的，是雨，也是血。

他听到她的哭声，说，别哭，别哭！我们不离婚了，好吗？她依旧在哭，现在说这些，还有什么用，人都要死了。他说，你别哭呀！不要孩子了，还不行吗？我什么都依你，别哭了！她终于不哭了。她知道这是他在安慰她。她想，我不能死，要活下去。活下去，她还是会跟他离婚。她知道，如果自己就这样死了，那就太便宜他了！他都活着，自己干吗要死？

醒来，天亮了。她睁开眼睛，看到他正看着自己笑，她也笑了一下。她想，也许今天会有人来救我们了吧！

中午，有人来了。但只有两个人，是两个生还者。他们看到来了人，都呼叫起来。生还者跑过来了，他说，先救她吧！生还者就跑去救她了。花了半个多小时，她被救了出来。

又半个小时后，他也从砖头下被救了出来。坐在一起，她扑进了他的怀里，哭了。她说，以后，我们再也不分开了。以后，我要为你生宝宝，一个，两个，你想要几个，我就为你生几个……刚才，他让他们先救她，让她彻底地知道，他有多么在乎她。先救她，就是把生的希望给她，把死神留给自己。这样爱她的他，值得她为他付出一切。

爱的密码

他死了，突然就死了，还没能跟她说上最后一句话就死了。他是出车祸死的。当她接到通知赶来的时候，她只能看到血肉模糊的他，只能看到永远都不能说一句话，看一眼她的他。她悲痛欲绝，她扑在他的身上，放声大哭。分别，真的是太容易，太突然了。今天早上，他出门的时候，还笑着告诉她说中午就要回来，让她做好他的饭。可是，如今他却再也吃不上她做的饭了。他走了，又回来了。回来的他，又走了，走向一个遥远的世界。离她越来越远，越来越远。她和他的爱情，没有一个人不说好的，结婚几年了，两人从没有红过一次脸，从没有吵过一次架。谁能想到，最美的爱情最后却成为最苦的爱情。让人叹息，让人惋惜。

他的事情料理完了，可她，还是沉浸在悲痛里，什么事都不想做，什么事都不想去想。唯一能做的，就是看看镜框里的他，与她站在一起的他，那样宠她、爱她的他。回忆，是甜美的，也是痛苦的。她一个人躲在屋子里，时而露出微笑，时而挂满眼泪。她的母亲，看着她，只能唉声叹气，悄悄地在一边清理他遗留下来的东西。

突然，母亲发现了一本存折。母亲把存折给了她。她有些吃惊，什么时候他悄悄地存了钱，自己怎么一点都不知道？是私房钱？打开存折，上面的名字不是他的，竟然是她的。他是为她存的钱，他是那样地在乎她。看看日期，一个月前才存下的。也许他太忙了，忘记了告诉她。糟糕，有密码，可密码她不知道。

她拿着存折，她要取出这笔钱。她首先输入的密码是 070101。她和他是 2007 年 1 月 1 日那天结婚的，也就是元旦节那天。她想，他爱她，肯定就会将结婚的日子作为密码。可是，密码却是错误的。她不由一惊，慌了，他能把什么做密码呢？她知道，他不会用他的生日做密码。

她再次输入 820307。她是 1982 年 3 月 7 日出生的。他爱她，特别在乎她的生日，每年她生日的这天，他不但要送蛋糕，还要送玫瑰给她。存折都是以她的名字存的，密码用她的生日，应该不会错了。她是肯定地按下那 6 个数字的。可是，密码还是错误的。要知道，以前他的存折，都是用她的生日做密码，可这次她的存折却没用她的生日做密码。

她紧张，她冒汗了，怎么都不是呢？银行的小姐提醒她了，小姐，你只有一次机会了！是的，她也清楚，自己只有一次机会了。突然，她的眼睛为之一亮，她坦然地按下了 6 个数字。银行的小姐笑着告诉她说，这次对了！对了，她也笑了。

就是在这个月，她和他合了一张影，照片上，印有 6 个字，是：我爱你，我爱你！其实，平常，他都喜欢对她说：我爱你！所以，照片上他要让人印上那几个字。她曾问他为什么要印这几个字，他说他要时时刻刻地爱她，即使有一天他死了，他还会爱着她。

刚才，她按下的 6 个数字就是：520520。这 6 个数字，代表的就是：我爱你我爱你！

他说到了，并且也做到了。他死了，还爱着她。在她按下那 6 个数字的时候，她分明地听到了：我爱你我爱你！那是熟悉的声音，那是他的爱的声音！她决定以后的存折密码都用这 6 个数字，她要让他选择的密码永世长存，她要永远记着爱的声音，要让他的声音永不消失。这样，就像他活在这个世界上一样，与她同在，永不分离。

# 我就要你赢

从水泥厂出来，男人和女人有说有笑地回家。男人说你习惯吗？女人说习惯，就是太多灰尘了！男人说要不你明天别去了！女人连忙说不行，不行，其实也挺好的。男人看着女人笑了笑。他们的儿子正上大学，需要很多钱。女人原来在纺织厂上班，纺织厂倒闭了，女人在家呆了好一阵子，水泥厂需要人，男人找老板说了一大堆好话，女人才进了水泥厂。今天，是女人第一天上班。女人是真的有些不习惯。

每天，男人从水泥厂下班回到家里，第一件事就是洗澡，然后换上干净衣服。这天男人回到家里，他做的第一件事也是烧了一锅水。可是，这天女人也需要洗澡。水热了，男人说你先洗吧。女人说好。女人去洗澡了，男人又继续烧了一锅水。几分钟后，女人就洗好澡出来了。女人笑着说，我身上怕洗出了半斤水泥，亏了你以前天天都这样！男人笑着说是这样，我们天天偷半斤水泥，老板还不惩罚我们呢！然后，男人倒了热水去洗澡。

男人脱光了衣服，男人洗着澡，突然他觉得这天洗澡比以前都要暖和。现在是冬天，男人最怕洗澡，洗澡太冷了。可是为什么今天会更暖和呢？男人很快就想明白了，女人先洗澡，把浴室给暖和了，也许将这里的温度提高了好几度呢！这天，男人洗得很舒服。可是，男人的心里却又不太舒服。

第二天下午下班回到家，男人和女人做的第一件事，还是烧水洗澡。女人拿着换的衣服准备先去洗澡，男人拉住了女人，他说让我先洗吧。女人看看男人灰头土脸的样子，便答应了。水热了，男人倒了水去洗澡。这天，浴室里果然不如昨天温暖。男人想以后都让女人后洗澡吧。

男人洗完澡出来，锅里的水也就热了，女人又去洗澡。女人脱光了

衣服，洗着澡，突然觉得今天比昨天更暖和。为什么今天会更暖和呢？女人很快就想明白了，男人先洗澡，把浴室给暖和了，也许将这里的温度提高了好几度呢！这天，女人洗得很舒服。可是，女人的心里却又不太舒服。

第三天，男人和女人下班回到家里，他们做的第一件事还是烧水洗澡。这天，男人说他要先洗澡，女人也说她要先洗澡。两人争着先洗澡，两人都明白对方的意思，这样，他们就更要争着自己先洗澡了，然后好给对方一点点温暖。虽然那点温暖只有几度，也许就只有一度，微不足道，但那是他们能给对方的温暖。两人争不出结果，最后，男人说我们来石头剪子布吧。女人说，好，这样很公平。男人和女人喊着：一、二、三！男人却迟迟不出手，女人也迟迟不出手。男人笑，女人也笑。他们都想等对方先出手，自己看清楚对方出的是什么，然后再出手。男人和女人又喊着：一、二、三！这一次，男人和女人都及时出手了。可是，男人出的是石头，女人出的却是布，男人见自己要输，立即变成了剪子，女人见了，又变成了石头……两人在那里变来变去，没个结果。终于，女人收回了手，女人说我们这样下去不是办法，锅里的水都热了，让我先洗吧，我先洗我要做饭呢！女人真的是要做饭，当然，男人也可以做饭。但男人还没来得及发话，女人就去倒水了。男人摇摇头，心想今天只好这样了。

第四天，在下班回家的路上，男人对女人说，今天该我先洗澡了吧？女人说我要做饭，以后都我先洗澡！男人说要不这样吧，我们跑步比赛决定。女人看了看男人，笑着说，这可是你说的啊！你输了可不许耍赖！男人说我说话算数！我们等会儿从那个站牌开始跑，谁先跑到小区谁赢！女人说好。我赢定了！女人说她赢定了是有理由的，因为男人是个跛子，男人走路都不如女人快，他当然不可能跑过女人。男人笑着说，我就要你赢！

男人和女人来到站牌了，他们站好，一起大喊一声：跑！他们就撒腿往前跑。很快，男人落在了女人后面，一步、两步、三步……一米、两米、三米……男人越来越落后。女人回头看男人，看到男人别扭的姿势，女人心里一紧。女人怕男人跑急了跌倒，女人不再跑那么快了，女人就与男人保持着几米的距离。女人知道，这场比赛，她赢定了，所以

181

她根本不慌，她不时地回头看看男人，眼里满是关心。男人在后面一直努力地跑，他肯定不想输给女人，可是这场比赛，他是输定了。

终于，女人跑到小区门口了，她停了下来，喘着粗气。男人也跑过来了，停下来，直喘气。女人得意地说，我赢了！男人说是你赢了！不过，你别高兴得太早！女人说为什么？男人说到家你就知道了！男人说了就上前拉着女人的手进了小区。然后他们一步一步地爬楼。终于，他们到了家门口。男人说你开门吧！女人掏出了钥匙，她上前开门，她的身子不由一抖，眼泪情不自禁地流下来——在门上，贴着一张纸条，上面是男人的笔迹：跑赢的人后洗澡，跑输的人先洗澡！

有多爱，跑多快

玉和军相恋了两年，他们准备下个月结婚。

那天，玉问军说："假如我和你，还有你母亲一起去湖边坐船玩，船突然翻了，你是先救我还是先救你母亲?"军说："船不会翻的……"玉说："我说的是假如翻了，你先救谁?"军很为难，先救母亲，玉肯定不高兴。但是如果先救玉，她也肯定不会高兴，一个连生自己养自己的母亲都不爱的人，怎么可能爱别人?军沉默了。玉见军不说话，就说："你回答我啊!"军说："船在翻的那一刻，我一手抓你，一手抓母亲，谁都不会有事!"军这么回答，还是没有说清楚到底是先救玉还是先救母亲，但军的回答还是让玉感到快乐，这样的回答，可以说明在军的心里，玉和他母亲是一样重要。

可是，玉并不满足于此。有一天，玉又问军："如果我们一起去森林里玩，突然钻出来一只老虎，你会挡在前面，掩护我跑吗?"军知道这是不可能的事，军笑了笑说："当然会掩护你跑!"玉说："你别笑，这不是玩笑，你真的会牺牲自己救我?"军便认真地说："我就是让老虎吃了，也一定要救你!"玉听了很快乐。

就在玉和军结婚的前一周，玉让军带她去旅游，军就带玉去了。他们去的是山区，他们先在公园玩，后来，玉觉得不过瘾，玉就说要去森林玩。公园不远处就是一大片森林，军也没去过森林，森林里肯定很好玩，于是军就带玉去了。森林里有很多野花，军摘些来插在玉的头发上，很是好看。森林里还有很多野果，可是军和玉不敢随便摘来吃，怕有毒不能吃。军和玉还在森林里发现了野兔，他们便跟着野兔追呀追，一直追进了森林深处。

最终，军和玉没有追到野兔，倒是把自己给跑累了。军和玉便坐下来歇息。这时候，突然传来了老虎的吼叫声，军和玉抬头一看，一只老虎就在他们不远处。玉吓得哭起来："老虎……"军二话没说就站了起来。玉以为军要去为她阻挡老虎，可是玉想错了，只见军撒腿就往相反的方向跑去。一眨眼的工夫，军就不见了。

老虎走到玉面前，老虎没有吃玉，老虎脱了身上的虎皮，它成了一个男人，他是玉的哥哥伟。这只老虎是玉让伟装的。军不是说遇到老虎会为玉挡在前面救她吗，所以，玉就要试一试军会不会真的这么做。可是，军却逃跑了，丢下了玉。玉的眼里涌出了泪水。伟说："那个没良心的东西，说得好听，跑得比兔子还快。妹妹，你也别太难过，总算看清了他的真面目！"伟上前扶着玉，向森林外面走去。

军跑呀跑，跑得很快，跑了很远，军听到后面没有了声音，这才停了下来。军回头一看，老虎没有追来，军大口大口地出气。然后，军往回跑。军跑到原来的地方，玉不见了，老虎也不见了。军不由哭起来，大声叫着："玉——玉——"。军叫了一遍又一遍，也没有玉的回答。军就在那一片地方找呀找，没有找着老虎，也没有找着玉。直到天黑下来的时候，军才不得不离开森林。

军回到旅馆，军准备报警，这时，军看到了玉。军吃了一惊，他上前抓住玉的手说："你没事？"军很兴奋。可是玉却一把将军的手甩开了。军说："你怎么了？"玉说："你不是说遇到老虎会救我吗？可是你，你却比兔子跑得还快，丢下我不管！"军说："我是在救你呀！"玉说："救我？救我那你跑什么跑？"军说："我跑就是为了救你！我看过一份资料，说遇到了老虎，只要跑的话，老虎就会追上来。当时老虎一出现，我立即就往相反的方向跑，就是让老虎来追我，好让你安然无恙。你这不是安然无恙的吗？"

玉这才笑了，她知道，军有多爱她，就会为她跑多快。玉上前挽着军的手，一脸的幸福。